「今日のエマは、いつもより可愛い声が出るな」
「そんな、こ……と……ッ」
「それに反応もずっと良い。俺に触れられて、気持ちがいい？」
答えるのは恥ずかしかったけれど、問いかけと共にロイドは胸だけでなくエマの太ももをもなで上げる。

軍人侯爵は婚約破棄を許さない

～妄執の溺愛契約～

八巻にのは

Vanilla文庫

軍人侯爵は婚約破棄を許さない

妄執の溺愛契約

Contents

イラスト／上原た壱

序章

その男が目の前に現れたとき、エマの心は傷つき荒《すさ》みきっていた。

数分前に踏みにじられた大事な書類を抱きしめながら、彼女は立派なビルディングの前で必死に涙をこらえていた。

脳裏をよぎるのは、遠路はるばる王都までやってきたエマを笑った貴族たちの顔と、必死に作った事業計画書を踏みにじったたくさんの靴底だ。

染み一つない、美しく磨かれた革靴が計画書を踏み潰した瞬間、エマの心もまた硬い靴底に踏まれて潰されてしまったような気がした。

エマは、クレー王国の最北端に位置する領地レッドバレーを治める領主である。

昨今では珍しい女領主で、貧しく狭い領地を亡き家族から受け継いだ。

クレー王国では女性が爵位や領地を継げるが、近年は男尊女卑の風潮が増し娘に家督を継がせる者はほぼいない。

だがエマの家は両親が早くに亡くなり、その後を継いだ兄もまた去年急な事故で亡くなってしまい、残されたのはエマと妹だけだったのだ。

元々レッドバレーは領地のほとんどが荒野と岩山ばかりで、農作物もろくに育たぬ不毛の地だ。

エマの祖父の時代は銀の鉱山がいくつもあったが、二十年程前から採掘量が減り現在は一つを残してほとんどが廃坑となった。

今やとれる銀の量は雀《すずめ》の涙で、以来領地の収入は激減し、働き手も去り、若者たちは次々都会に稼ぎに出てしまった。レッドバレーに残っているのは一握りの、老いた元鉱山労働者ばかり。

領主となったエマは私財さえ手放し、残った住民たちが暮らせるよう手を尽くしてきたがそれももうギリギリだった。

しかし半年前、絶望的な状況に小さな希望が湧いた。地質学者をしていた妹が、海沿いの土地にダイヤモンドの鉱山があると言い出したのである。

妹の見立てでは、クレー王国どころか大陸最大規模の鉱山が、レッドバレーには眠っているらしい。それを発掘すれば、凄《すさ》まじい富がレッドバレーにもたらされるだろう。

けれど採掘には金がかかる。現在稼働している鉱山とは別の場所を掘らねばならないし、銀とダイヤモンドでは採掘の方法がまるで違う。道具も新しい物への買い替えが必要で、何より採掘には人手がいる。

だが労働者を雇うゆとりが、もはやエマたちにはなかった。

だからエマは採掘事業の計画書を手に、王都までやってきた。

王都には金と暇を持て余した貴族たちがたくさんいる。彼らに事業への投資を願い出ようと思ったのだ。

そして古い知人の紹介で投資家が集うサロンにようやく入ることが出来たものの、計画書は読んでもらうことすら出来なかった。

計画書は完璧なはずだった。妹のリズが調査した地層の状況はうまくまとまっていたし、必要な資産計算や事業計画にも問題は一つもなかった。

（でもあの人たち、私の顔を見るなり興味をなくしてた……）

貴族たちは、エマが女だというそれだけの理由でろくに話も聞いてくれなかったのだ。それどころか上から目線で「女が商売などする物ではない」と鼻で笑い説教してくる者までいた。

（投資さえしてもらえれば、絶対損はさせないのに……）

それどころかものすごい富を得ることも出来るのに、女というだけで貴族たちはエマを馬鹿にしはねのけた。

またレッドバレーの貧しさは王都にも知れ渡っており、あんな場所に金をつぎ込む馬鹿はいないと笑う者も多かった。

エマだってその反応は予想していたし、嘲笑をはね除《の》けるだけの輝く未来があると説明できるつもりだった。

しかし結局話さえ聞いてもらえず、エマはサロンから追い出されたのだ。

(王都の貴族たちは皆紳士的だと聞いていたけど、鉱山の男たちより野蛮だった……)

下卑た顔でエマを罵倒し、中には「君がもう少し可愛《かわい》ければ考えてやったのに」といやらしい視線を送ってくる者もいた。

そのまなざしを思い出し、悔しさに唇を噛《か》む。

(もう、諦めるしかないのかしら……)

折れかけた心を抱えたまま、エマはうなだれる。

そんなとき、貴族の物とおぼしき一台の車がエマのすぐ側に止まった。

田舎育ちのエマは車が珍しく、ついまじまじと見てしまう。

(これ、ベルフォード製の車よね? 写真で見た最新式の物に見えるけど、これを使えるなんて一体どれくらいのお金持ちなのかしら)

クレー国でも車の数は増えているが、海の向こうの国『ベルフォード』ではクレー国以上の近代化が進み、こうした車がたくさん走っているらしい。

それを輸入し乗り回すことが、昨今の貴族のステータスなのだ。

サロンの前には他にも車が何台か止まっているが、そのどれよりも目の前の車が高級なのは一目でわかる。

そしてその車から、一人の男がゆっくりと降りてきた。

流行のスーツを纏《まと》い、ステッキとハットを身につけた男は息を呑《の》むほどの美丈夫だった。

背が高く体格が良いのに、長い手足と美しい所作、そしてあふれ出る気品のおかげで、威圧感より優美さを感じる。

思わず彼に見惚《みと》れてしまってから、エマは慌てて顔を伏せる。

男を見ていると、自分のみすぼらしい姿が急に恥ずかしくなってしまったのだ。

貧しいエマは、母が着ていたお古のドレスを身に纏いアクセサリーの一つも身につけていない。

父譲りの金色の髪は手入れをしていないせいで荒れ放題で、それを隠すために時間をかけて結ってもなお美しさに欠ける。

顔立ちは愛らしいがそれを彩る化粧品を買う余裕はないせいで、最低限の紅しか引いていない。そして長旅の疲れが、彼女が持つ本来の愛らしさを曇らせていた。

（やっぱり私は場違いだったんだ……）

男の容姿を見て、エマは改めて現実を突きつけられる。

しかしこの現実を変える術が、彼女にはない。変えられると思った計画書は希望と共に踏みにじられてしまった。

（とりあえず帰ろう。このままだと、本当に心が折れてしまいそう……）

エマが折れてしまえば、領民たちを救う手立てはなくなってしまう。それがわかっているから、ボロボロの心を必死に鼓舞しエマはその場を立ち去ろうとした。

「待ってくれ」

だがそこで、車から降りてきた男がエマの行く手に立ち塞がった。

男の視界に入らないよう道の端を歩いていたのに、彼はあえて彼女の前で足を止めたのだ。

呼び止められたことに驚きながら、エマは恐る恐る顔を上げる。

近くで対すると、男の背はとても高い。

見下ろされる格好になり、エマは自然と息を呑む。

彼の美しい緑色の瞳を見ていると、ふと脳裏にかつて好きだった男のことがよぎる。

（彼と……ロイドとどこか雰囲気が似ている気がする）

エマの初恋にして婚約者だった男は病弱で、痩せ細り、いつも肌が荒れていたので容姿の方は似ても似つかない。

なのに不意に初恋の記憶が蘇《よみがえ》り、エマは別の意味で泣きそうになる。

誰よりも大好きで、でも手放さなければいけなかった婚約者との思い出は、エマにとって心の支えであると同時に胸を抉《えぐ》る苦い記憶だ。

「エマ＝ヒルだね？」

その上男の声は、初恋の彼によく似ていた。共通点が増えるたびに胸が苦しくなり、エマは返事をするのが少し遅れてしまう。

「あの、あなたは……」

肯定するのも忘れて質問を返すと、男が凛々《りり》しい顔に輝くような笑みを浮かべた。

「俺は君に、復讐《ふくしゅう》をしに来た男だよ」

優しい声に似合わない台詞《せりふ》を言って、男はエマの手をそっと握った。

持ち上げた手の先に、男が優しい口づけを落とす。

あまりに美しい所作のせいか嫌悪感はまるでなく、手を振り払うという考えさえ浮かばなかった。

「君を泣かせるために来たんだけど、もしかして別の男に先を越されてしまったかな？」

柔らかな問いかけに、エマは慌てて腕を引き、手で目をこする。

泣いてはいないが、涙をこらえていた目は赤くなっていた。それをこの立派な紳士に見られるのは嫌で、エマはうつむく。

視線を下げると、男の革靴へと視線が引き寄せられた。

（泣かせるって言っていたけど、この人も私の未来を踏みにじるために来たのかしら）

世間知らずの女領主が都まで来たと、もしかしたら貴族の間で噂《うわさ》になっているのかもしれない。そして彼もまた、エマを笑うためにやってきたのだろうかと疑心暗鬼になる。

ただそれにしては、男の振る舞いには失礼なところがないのが不思議だった。

復讐と言う言葉も、冗談のようにしか聞こえないのだ。

「そんなにこすると、余計に目が赤くなってしまうよ」

それどころか、持っていたハンカチを男は優しく差し出してくれる。

思わず受け取ってしまってから、エマは渡されたハンカチに見覚えがあることに気がついた。

『せめてもの餞別《せんべつ》よ。これを持って、どっかにいなくなって！』

まだ幼い頃、精一杯悪ぶった言葉と共に投げつけたハンカチと、それはよく似ていた。

「まさか、あなた……」

「その顔、ようやく俺を思い出してくれたかな？」

「……ロイド……なの？」

思わずこぼれた声に、エマ自身が一番驚く。

初恋の相手と目の前の男はあまりに違う。なのにささやかな共通点を結ぶと、だと言わざるを得ない。

エマの問いかけを肯定する代わりに、男は美しい顔に輝くような笑顔を浮かべた。

直視するのが困難なほど素敵だが、そこにもエマはかつて愛した男の面影を見つける。

「気づいてくれないかと思ったよ」

「じゃあ、あの……本当に……」

「戻ってきたんだよ。俺を振った、意地悪な婚約者に復讐するためにね」

そして男――『ロイド』はもう一度エマの指先に唇を落とし、笑顔を深める。

復讐という言葉を口にするには甘すぎるまなざしに捕らわれ、エマは唖然《あぜん》とした顔で立ち尽くすことしか出来なかった。

第一章

エマがロイドと出会ったのは、もう十年以上も前のことだ。

まだ幼かったあの頃、エマはロイドのことを自分だけの王子様だと思い込んでいた。

一方ロイドの方は、エマの王子様と呼ばれるたび「こんな僕を王子だなんて、エマは変わってるな」とどこか困った顔をするのが常だった。

当時、ロイドはとても身体が弱く一日の大半をベッドの上で過ごしていた。瘦せ細り、薬の飲み過ぎで肌も荒れていた彼は、お世辞にも美しいとは言えなかった。でもどんなときでも優しく自分の相手をしてくれる彼を、エマは大好きだったのだ。

エマがロイドと出会ったのは、兄が彼を屋敷に呼び寄せたのがきっかけだった。どちらの家も鉱山の経営で財をなしていたため日頃から交流があり、ロイドとエマの兄『ハワード』は幼い頃からの友人同士だったのだ。

そして二人が十二歳になった頃、ロイドはエマの家に滞在し、そこで病気の治療をすることになったのである。

実家ではなくエマの家で暮らすことになった原因は、ロイドの両親にあった。

ロイドの実家、ドレイク家はエマの家よりずっと裕福で、鉱山をいくつも持つ伯爵家だった。その長男として生まれ、将来は跡取りとして期待されていたものの、ロイドは幼い頃から気管の病気を患っていた。

生まれてすぐ医者から長生きが出来ないと宣告され、情に欠けた両親は後継者たり得ぬ彼を蔑《ないがし》ろにすることが多かった。

ロイドには一つ下に弟がおり、両親の関心と愛情は全てそちらへと向いていたのだ。それでも最低限の治療と教育は施されたようだが、彼の病が改善に向かう兆しはなく、ついには金の無駄だと投薬治療さえやめてしまったのである。

そんな状況を、正義感の強いハワードが放っておけるわけがない。彼は自分の両親に事情を話し、ロイドを保護できないかと願い出たのだ。

当時すでにレッドバレーの収入は激減し、お世辞にも金銭に余裕があったわけではないが、心優しいエマの両親はすぐさまロイドを家に呼び寄せた。

貧しい故に満足な治療を受けさせることは出来なかったけれど、それでも投薬を再開した結果、実家にいた頃よりもロイドの体調はだいぶ回復した。

そして彼は恩返しにと、忙しい両親や兄の代わりに幼いエマの話し相手を買って出てくれたのだ。

幼いエマが、自分に構ってくれる兄の友人を好きになるのに時間はかからなかった。

父は財政難を解決しようと常に忙しく奔走していたし、年若い兄もまたその手伝いをしていた。母と使用人たちは生まれたばかりの妹リズの世話で忙しそうで、エマは一人にされることが多かった。

小さな頃からエマは聞き分けが良く一人遊びも上手だったが、やはり誰かに構ってほしかったのだろう。

本を読み聞かせてくれたり、人形遊びに付き合ってくれるロイドはエマにとってあっという間に特別な存在になった。

突然目の前に現れ、素敵なひとときをくれるロイドの姿を、好きな絵本に出てくる王子に重ねたのも必然だ。貧しく不幸な娘を娶《めと》り、大事にしてくれる王子様の姿はまさしくロイドそのままだったのだ。

『私の王子様』と無邪気に慕うエマにロイドは照れくさそうにしていたが、不快な顔はしなかった。

そして、そんな二人を見たハワードと父が『ロイドが王子様なら、エマはお姫様になれば良い』と婚約を匂わせたのはエマがもうすぐ五歳になる頃だった。

多分兄たちは、自分の将来に何の希望も持てなくなっていたロイドに前を向かせたかったのだろう。結婚し家庭を持つ未来が彼にもあると、きっと期待させたかったのだ。

しかしロイドよりも婚約の発言に興奮し、乗り気になったのはエマだった。

エマはもちろん『ロイドのお姫様になりたい！』と飛びついた。一方ロイドの方は婚約者という肩書きに渋っていたように思う。

『私は永くは生きられないし、立派な男にはなれないだろう。そんな男に、エマを縛り付けたくない』

そう言って何度も断ったが、そのたびエマは彼に縋《すが》り付《つ》いたのだ。

『でも王子様とお姫様はいつまでも幸せに暮らせるのよ』

どんな物語でも、王子様とお姫様は恋の成就によって幸せを摑《つか》む。

魔法や呪いが絡んだ話なら恋によってそれらはとけるし、悪者がいても愛の力の前に彼らは倒されるのだ。

そんな夢のような話をエマは純粋に信じ、自分がロイドを救うお姫様になるのだと息巻いていた。

そのまっすぐな想《おも》いに絆《ほだ》されたのか、後日両親から正式な打診を受けると、ロイドはエマの婚約者になることを受け入れてくれた。

『俺のお姫様になること、後悔しても知らないよ？』

ロイドはそういって笑ったけれど、エマは後悔なんてするわけがないと思った。

だって優しい彼が、エマは大好きだった。

だからエマも彼に嫌われないよう、症状が重い日は彼を看病し、寂しそうにしているときはそっと身を寄せた。

自分は彼のお姫様だから、抱きしめキスをすればきっと彼の辛い日々は終わる。幼心にそんなことを考えながら、エマはどんな日もロイドの側にあり続けた。

でも結局、永遠に続くのだと思っていた日々は終わりを迎えることになる。

あるときをきっかけに、ロイドの懸念通りエマは彼との婚約を深く後悔することになったのだ。

そして最後は、エマの方から彼との関係を終わらせたのである。

◇◇◇　◇◇◇

立ち上る湯気をぼんやり眺めながら、エマは疲れ果てた身体を湯に沈めていた。

彼女が今いるのは、王都にある最高級ホテルのスイートルームである。

突然の再会の後、話があるというロイドに連れてこられたのがこのホテルだった。元々エマが取っていたホテルは繁華街にある安宿だったが、それを告げると女性が一人で泊まる場所ではないと言われ、少ない荷物を回収するやいなやロイドが宿泊している豪華な部屋に連れこまれてしまったのだ。

彼はまず長旅の疲れを癒やすようにと告げた。エマがクタクタに疲れていると気づいていたのだろう。

そして彼は自分も少し仕事があるからといって、湯と食事の用意を手配したあと一度部屋を出た。

再会したばかりの彼に何から何まで世話になるのは気が引けたが、エマの領地から王都までの五日間、風呂にも入らずろくに寝ないで旅してきた身体だ。湯の張られたバスタブは抗《あらが》いがたかった。

結局誘惑に負け、ロイドが出かけている隙に入った湯は想像以上に心地よかった。その上混乱と疲労でエマの身体は限界で、意識が何度も飛びかける。

今にも寝落ちしそうな意識の中、エマの頭には不意にロイドと過ごした幼い日々の記憶がよぎる。

（あれからもう、十四年……いやもうすぐ十五年か……）

目を閉じるとロイドと過ごした日々が鮮やかに蘇り、そんな自分にエマは苦笑する。

当時、ベッドから出られないロイドに会うため、エマはいつも朝早くから彼の部屋に入り浸っていた。

煩わしい顔一つせず、ロイドはいつも嬉《うれ》しそうに出迎えてくれた。優しく細められる目元や、「おいで」と告げる柔らかな声。人にくっつくのが大好きなエマが遠慮なくすがれるようにと、軽く手を広げて待ってくれる仕草に心をときめかせていた。

エマはいつも彼に夢中だった。

恋に落ちた決定的な瞬間はなかったけれど、日々積み重なっていくささやかな好意と二人きりの時間がもたらしたのは、確かに恋だった。

今も容易《たやす》く思い出せる記憶の数々が、それを証明している。

そしてその恋は終わっていないのだと、エマはそっとため息をついた。

「ずいぶん長く入っているけど、大丈夫かい？」

そのとき、バスルームの外から聞こえてきた声に、エマは驚きのあまり小さく悲鳴を上げる。

聞こえてきたのは、ロイドの声だ。

「す、少しぼんやりしていただけなの！　でもすぐ出るから！」

返事をしながら、エマは慌ててバスタブから立ち上がる。

「……あっ」

しかし長いこと湯の中でまどろんでいたせいで、エマの身体はうまく力が入らない。

立《た》ち眩《くら》みを起こした後、そのままバスタブにドボンと倒れ込み、エマは腰を強《したた》かに打ってしまった。

「エマ！」

慌てた声が聞こえてきたかと思えば、湯に沈みかけた身体を逞《たくま》しい腕が抱き起こす。

自分を抱く腕に咄嗟《とっさ》に縋り付き、エマはケホケホと咳《せ》き込《こ》んだ。倒れた拍子に、少し湯を飲んでしまったらしい。

「目を離すんじゃなかったな……」

呼吸を整えていると、ロイドの手が顔に張り付いたエマの髪をそっとかき分ける。

日頃の栄養不足ですっかり痛んでしまった金の髪は、濡《ぬ》れていてもなお貧相だろう。それを見られるのが恥ずかしいと思ったところで、もっと恥ずかしい物を見られていることにようやく気づく。

「あ……あの……」

頬《ほお》を真っ赤に染め、エマは情けない声を上げることしか出来ない。

「案ずるな。女性の身体くらいで取り乱すほど飢えてはいないよ」

置かれていたバスローブを手に取ると、ロイドは抱き起こしたエマにそれを着せる。

こっそりうかがい見たロイドの表情は冷静その物で、女性の扱いにも手慣れているようだった。

「とりあえず、横になった方が良い」

そして彼はエマを軽々と抱き上げ、あっという間にベッドまで運んでしまう。

「シーツが濡れて……」

「構わない。それよりもほら、水を飲んで」

甲斐甲斐《かいがい》しく世話を焼かれ、エマは情けなさで居たたまれなくなる。

でもロイドは、そんなエマを見てどこか楽しげだった。

「昔と逆だな」

「逆……？」

「咳《せき》がひどかったとき、よく君が世話を焼いてくれただろう」

コップをエマの口元に当てながら、ロイドは穏やかに微笑《ほほえ》む。

顔立ちも、エマを抱き支える腕の逞しさも昔とはまるで違うけれど、まなざしの温かさは変わらない。

「よく、俺にレモン水を届けてくれたね」

ロイドの思い出話に、エマはふっと笑う。

「でも、運ぶときにすぐこぼしてしまったわ」

「俺の寝間着をびちょびちょにしたことも何度かあったな」

「病気が悪化したらどうしようって、そのたび泣いたっけ」

「その姿が可愛くて、うっかり笑ったら咳が止まらなくて困ったよ」

そんな彼を見て更に泣き出し、結局家族全員から慰められたのはエマにとって大切な思い出だ。

あのときはみんなが笑顔で、優しくエマを慰めてくれた。温かな時間は今も宝物で、事あるごとに思い出しては辛い時期を耐えていた。

「でも安心してくれ。今は多少濡れたくらいで風邪を引いたりしないから」

そういって笑うロイドのシャツが、濡れていることにエマは今更気づく。

「ごめんなさい。今拭く物を……」

「構わない。外は少し暑いくらいだし、濡れたくらいが丁度良い」

そう言って、濡れたシャツの袖をロイドはめくる。

細かった腕には逞しい筋肉がつき、右手の前腕には大きな傷跡がついている。ついまじまじと見ていると、ロイドがふっと笑みをこぼす。

「これは戦争でついた傷だ。少し前まで、俺はベルフォードにいてね」

「戦争って、じゃあまさか軍に?」

尋ねながら、海の向こうの国で起きた戦争についてエマは思いをはせる。

ベルフォードは広大な大陸と、五つの島からなる大国だ。エマの住むクレー国とは友好な関係を築いており、昔から多くの人と物が船によって行き来している。

しかし十年ほど前、先王の急死を発端に内戦が起きた。

二人の王子のどちらかが王位を継ぐかでもめ、国を二分する争いにまで発展したのである。結果第二王子の勝利で戦いは終わり、戦後はクレー国との国交も再開したが、一時期は国の往来が困難なほど大きな戦いが繰り広げられた。

それにロイドも参加していたのかと思うと、今更のように背筋が冷える。

「あんなに身体が弱かったのに、どうして軍に？　大きな怪我《けが》はしなかった？」

「怪我は小さな物ばかりだよ。それにむしろ、弱いからこそ軍に入ったんだ。訓練は厳しいから嫌でも身体が丈夫になるし、あの国では金と名誉を得るには軍に入るのが一番手っ取り早い」

言いながら、ロイドはエマをベッドに寝かせる。彼女の横に腰を下ろし、ロイドは何かを懐かしむように目を細めた。

「それに失恋の痛みを紛らわすには戦場が一番だ」

冗談めかしてロイドは笑うが、エマは返す言葉がない。

「その顔、俺に申し訳ないと思ってくれているのかな？」

「それは……」

「それとも小さな女の子に振られたことを根に持ってる俺を、愚かだと思うか？」

エマは、大きく首を横に振る。

「……そもそも、根に持っているようには見えないわ」

「言っただろ、復讐しに来たって」

「でもあなたは、私を恨んでいるようには見えない。それどころか、急な再会だったのに親切ばかり……」

「不幸な子に復讐するより、幸せな子にした方が効果的だからね」

ニヤリと笑って、ロイドは立ち上がる。それから彼は、エマが作った事業計画書を手に戻ってきた。

貴族たちに踏まれてしまってぐちゃぐちゃになった計画書を、ロイドは丁寧にまとめ直したらしい。

しわになってしまったところもあるが、表面の汚れなどはだいぶ綺麗《きれい》になっている。

「それに俺は、ビジネスのチャンスは逃さない」

「ビジネス？　今は、軍人をしているのではないの？」

「戦争も終わったし、今は軍を辞めて小さな海運会社を営んでいるんだ。海軍にいたから、色んな港にツテがあるし、仕事を手伝ってくれる船乗りの友達も多くてね」

現在は世界各地から様々な品物を仕入れ、ベルフォードに輸入する仕事をしているのだとロイドは語った。

「それに一時期薬の治験に参加していたから、製薬会社にも知り合いがいてね。戦後は足りなくなった医療品を運んで金を稼いでいたんだ」

戦後のゴタゴタが落ち着くと、医療品だけでなく食料や嗜好品、装飾品や観賞用の芸術品なども扱うようになったのだと彼は教えてくれた。

「もうすっかり元気に見えるのも、もしかして治験に参加したからなの？」

「ああ。君に手ひどく振られた後、ベルフォードにいる知り合いが肺の病気に効く薬を開発していると知ったんだ。婚約を解消された身でヒル家に居座るわけにもいかないし、だったらいっそ渡航してみようかなって」

「あ、あのときは……」

「詫《わ》びる必要はないよ。おかげで病気を治すことも出来たし、君から受けた心の傷は復讐で癒やす予定だから」

本気とは思えない言葉だが、ロイドの笑顔には妙な圧がある。

彼に見つめられると何も言えなくなり、エマは言葉を呑《の》み込《こ》むことしか出来なかった。

「それに、お礼の言葉よりもっと良い物を君は持っているだろう？」

「良い物？」

「ダイヤモンド鉱山だよ」

ロイドの言葉に、エマは思わず息を呑む。

「信じてくれるの……？」

「信じるに足る証拠があるから、君は王都まで出資者を募りに来たんだろう？」

「でも、誰も私の話を聞いてくれなくて……」

「金を持っている人間が、皆利口だとは限らない」

事業計画書を持ち上げながら、ロイドは微笑む。

「とてもよくまとまっているよ。見積もりに少し甘い部分もあるが、利口な投資家なら絶対に飛びつく」

「本当……⁉　ちゃんとした人に見せたら、出資を得られる？」

「ああ。でも一つだけ残念なことがある。この計画書はもう他の人には見せられない」

「ど、どうして……？」

「俺が出資者になるからだ」

言うなり、見覚えのない契約書をロイドはエマの前に差し出した。

「これは……？」

「君の領地で取れたダイヤモンドの加工と販売をうちが独占するための契約書だ。その条件が叶《かな》うなら、事業の立ち上げから運営資金まで全て俺が出す」

「す、全て⁉」

「人や機械の手配もするし、宝飾品に加工する職人たちにもツテがある。あともちろん、売り上げは君にも入るからそこは心配しないでくれ」

「でもそれ、条件が良すぎない……？」

ロイドの話が本当なら、彼は大国であるベルフォードはもちろん他国にも販売経路を持っている。そんな会社に、加工と販売を任せられるなんて願ったり叶ったりだ。

ダイヤモンドは高価だが、専用の職人が磨き加工しなければ価値が出ない。でも田舎の領主であるエマには職人の知り合いなんていないし、どうやって見つければ良いのかと途方に暮れていたところなのだ。

「利益の配分はこれから詰めるけど、ひどい条件は提示しないから」

「……やっぱり、言ってることとやってることが違いすぎない？　ロイドは私に……復讐しに来たのよね？」

「ああ。だから投資をする代わりに、君が最も嫌がる条件を一つ加えるつもりだ」

「嫌がる条件？」

「エマ＝ヒル。君が絶対に結婚したくないと言ったこの俺と、もう一度婚約してほしい」

条件の内容に、エマは息を呑む。

そのまま呼吸を忘れるほど、彼の条件は衝撃的だった。

「君は大嫌いな男と結婚するんだ。復讐としては、十分過ぎる物だろう？」

それは復讐にはならないと、エマは口にしそうになる。

だって彼女は、ロイドを嫌いだと一度も思ったことはないのだ。むしろ婚約を破棄せずにいたらと今まで何度も考えてきた。

兄からロイドがベルフォードに渡ったことを聞き、もう二度と会えないかもしれないと思いながらも、彼との再会を何度も夢想した。

（こんな条件、全然復讐にならない……）

むしろエマを喜ばせるだけだ。だからもっと別の、ひどいことをすべきだと打診しようと思ったのに、言葉は喉につかえて出てこない。

彼がエマの不幸を望むなら絶対に婚約などすべきではないだろう。でも彼とまた一緒になれるチャンスを前にして、エマは別の提案を口にできなかった。

それにもしエマの気持ちに気づき、今もまだロイドを愛していると知られてしまったら、彼は別離という復讐を選ぶかもしれない。

そして投資の話をなかったことにする可能性だってある。

（……それだけはだめ。このチャンスを逃したら、今度こそヒル家は取り潰しになる）

領民たちも路頭に迷うことになるだろう。

だとしたらエマは何としても、この事業を成功させる他ないのだ。

「どうする？　断るなら今だぞ？」

尋ねるロイドの顔を改めて見つめれば、彼は優しい微笑みを浮かべている。

穏やかな表情からは、彼の真意をくみ取ることは出来ない。復讐がどれほど本気なのか、今のエマをどう思っているのかは全くわからない。

でも決めるなら、今しかなかった。

「……あなたの復讐を受け入れます」

「なら、この契約書にサインを」

差し出されたペンを、エマは震える手で受け取る。

（もう、後戻りは出来ない）

覚悟を決めて、エマは自分の名前を書類に書き添えた。

「じゃあ、またよろしく。俺の婚約者さん」

楽しげな声からは、やっぱり彼の考えがわからなかった。

「君に復讐するのが本当に楽しみだよ」

どこまでも軽い調子だが、かといってこの嬉しそうな顔が嘘《うそ》には見えない。

（もしかして、これから色々とひどいことをする予定なのかしら）

妻を束縛し、自由を与えない男はたくさんいる。ロイドもエマを不幸で縛る夫となるのかもしれない。

（いやでも、それでも私は喜んでしまいそう）

大好きな彼と一緒にいられる。それを考えただけで跳ねてしまう胸を押さえつけ、こぼれそうになる彼への好意に蓋をする。

（彼が復讐を望むなら、全て受け入れよう……）

そんな決意をしながら、エマは美しい復讐者に「よろしくお願いします」と言葉を返したのだった。

第二章

「お、お姉ちゃんが……お姉ちゃんが男連れで帰ってきたああああああああああ」

なんとも騒がしい悲鳴がレッドバレーの荒れ地に響いたのは、エマが婚約を条件に鉱山事業の融資を取り付けてから三日後のことだった。

行きは安い乗合馬車で五日かけ王都に向かったが、帰りは汽車と車を乗り継いだので約半分の時間ですんだのだ。

汽車もロイドが用意したのは一等客室で、それもエマのために追加で一部屋押さえてくれた。

「君に色々とひどいことをしたいけど、婚約したからには節度を保つよ」

なんて笑って、移動中のホテルもわざわざ別の部屋を取る紳士ぶりに、エマはこの三日間戸惑い続けていた。

そしてエマ以上に、ロイドの存在に慌てふためいたのは屋敷で待っていた妹の『リズ』である。

「お客様に失礼よリズ」

「でもそれ……その距離感……、どう見たって婚約者でしょ！」

「ああ、俺は彼女の婚約者だよ」

そしてロイドも面白がって乗っかる物だから、妹の混乱と興奮はとどまるところを知らなかった。

「出来ることなら投資家を連れてきてほしかったけど、これはこれで嬉しい！　仕事一筋で、恋愛小説の中の男性にしか興味がなかったお姉ちゃんに、ついに春が来たなんて私泣きそう！」

むしろすでにウルウルしている妹のリズだって、男っ気がない。それどころか四六時中土と石ばかり観察している彼女は女らしさもなく、姉の心配をしている場合ではないのだ。

「あの、お名前を伺っても？　それに二人のなれそめは？　王都で運命の出会いをしたの？」

「出会いはもっと前だよ。それにしても、大きくなったねリジー」

「……え、私のことも知ってるの？」

「ああ。君は小さかったから覚えていないだろうけどね」

そこでロイドは笑顔を浮かべ、リズと握手を交わす。

摑んだ手をまじまじと見たあと、リズはロイドの素性を思い出そうと必死に首をひねっている。だがリズがロイドと最後にあったのは三歳のときだ。いくら観察眼の鋭い彼女でも、思い出せるわけがない。

「兄の友人のロイドさんよ」

「え、あの『もやしっ子お兄ちゃん』？」

失礼過ぎる呼び名にエマは真っ青になったが、ロイドは爆笑する。

「そうそう、君にはよく『もやち』って呼ばれていたね」

「嘘、全然もやしじゃないわ！　何があったの？　魔法か何か？」

「そんなところかな」

冗談めかして笑うロイドを見て、リズは好奇心に目を輝かせている。

若くして学者肌のリズは、一度興味を持つと全てを知るまで満足できない性格だ。このまだと彼を質問攻めにしかねないし、その間にもっと失礼なことを言い出しかねない。

（それに私がロイドを好きなことも、ばらしてしまいそうだから気をつけなきゃ……）

リズはエマが未《いま》だ初恋を引きずっていると知っている。それを漏らされたら、復讐が意味のない物だと彼に知られてしまう。

「玄関でおしゃべりも何だから、応接間にいきましょう。あと、少しだけリズと二人きりで話をしても良いかしら？」

ロイドに尋ねると、彼は快くうなずいた。

「なら先に屋敷を一回りしてきても良いかい？　懐かしいから、少し見て回りたい」

「もちろんよ」

エマの言葉にロイドが二階へと上がっていくのを見送ってから、エマはリズを振り返る。

その途端、ニヤニヤと意味ありげに笑う妹と目が合った。

「その顔やめて」

「だって、だって、だってだってだってー！」

「その言い方もやめて」

「だって初恋の相手と運命の再会なんでしょ？　これが興奮しないでいられる？　っていうか、お姉ちゃん冷静すぎない」

「事情があるのよ、事情が……」

とりあえずリズを落ち着かせ、食堂に引きずり込みながらエマはロイドと再会した経緯を説明する。

話を聞き、彼女はなるほどとうなずいた。

「……つまり、ロイドさんは婚約者のピンチに駆けつけてくれた白馬の王子様ってことね」

「何一つわかってないじゃない」

「だってそういうことでしょ。それにもう一回婚約しろって、それってお姉ちゃんが好きだからでしょ？」

「違うわ、彼にとってこれは復讐だし……」

「でも全然そういう雰囲気じゃないわ。さっきもしっかり腕まで組んじゃって、どう見てもラブラブな恋人同士だったわよ」

リズの指摘に、エマは返事に詰まる。

確かに復讐と言いながら、ロイドの振る舞いは甘くて紳士的すぎるのだ。

道中も常にエマを気遣ってくれたし、エスコートも完璧でなおかつ距離がとにかく近い。

夜は別々の部屋だが、それ以外の時間は常に側にいる。

エマはそれに照れてしまうが、ロイドはずっと楽しげだった。

「復讐というのは口実で、お姉ちゃんと復縁したくて戻ってきたのよ」

「でも、それはあり得ないわ」

「絶対そうよ」

「それは、あなたが婚約を破棄した現場にいなかったからよ。私……とってもひどい言葉を彼に投げつけたの」

「でもそれって、彼のためだったんでしょ？」

「だとしても、言ってはいけない言葉だった」

そしてそれに、ひどく傷ついた顔をしていたロイドのことがエマは今も忘れられない。

あの顔を思い出すと、復讐だという彼の言葉はあながち嘘ではない気がしてくる。

「復讐って言葉が本気かはわからないけど、私を好きなわけじゃないと思う。今の彼はお金も持っていて素敵な紳士だし、女性に不自由をしている様子もないのよ？　なのに私みたいな枯れた女を好きになるなんてあり得ないでしょう」

リズはエマの言葉に不服そうだが、そうとしか思えない。

「とにかく、私が彼を好きなことは黙っていて。あと『イーゴ』にも手紙で事情を説明しておいて、彼も口が軽いから何かいらないことを喋《しゃべ》ってしまいそうだし」

「いいけど、お姉ちゃんは本当にそれでいいの？　せっかく大好きなロイドさんと両想いになれるチャンスなのに……」

「そんなチャンス、はなからないわ」

唯一のチャンスは、かつて自分の手で摘み取ってしまった。だから仕方のないことだと諦めて、彼女はリズに「絶対に何も言うな」と念を押した。

それからエマはお茶の用意をし、ロイドを探して二階に上がった。

かつて彼が使っていた部屋の扉が開いているのに気づき、お盆を手にそっと中へと入る。

中を覗《のぞ》くと、ロイドは窓辺に一人立っていた。

その姿がかつての彼と重なり、盆を持った手が震える。

（……そうだ。あの日もロイドは、あそこに立っていた）

中庭が見える窓辺に立つ彼に、幼いエマは婚約破棄を言い渡したのだ。

前日まで、エマは彼との婚約を破棄するなんて考えたこともなかった。彼は王子様で、自分はお姫様で、その関係は一生続くと思っていたのだ。

でも前の晩、エマの心を変えた出来事が起きた。

その夜エマの屋敷では、近隣の貴族を招き小さな夜会が開かれていた。

貧しいが故に客を招くことは少ないが、そのときは珍しく多くの客がいて、華やかな雰囲気にエマは浮き足立っていた。

客たちは皆、おめかしをしたエマを褒めてくれた。可愛い、将来はきっと美人になると言ってくれた者もたくさんいた。

だからこそ、いらぬお節介を焼いた者も多かったのだろう。

『こんな可愛い子を病気の男に嫁がせるなんて、君の両親も酷なことをするな』

誰が言ったかはわからないけれど、そんな言葉をかけられてエマは戸惑った。

その上、そうした発言は一つではなかった。エマ自身に語りかけなくても、来客たちは彼女を見て「可哀想《かわいそう》に」という顔をしたのだ。

そしてあるとき、エマは衝撃的な会話を聞いてしまった。

『まあ、どうせすぐ死ぬ子供だから婚約なんてさせたんだろう。ヒル家も金はないし、ろくな病院もないレッドバレーであの子の身体が持つわけがない。数年と立たずに死ぬなら、エマちゃんを別の男に嫁がせることも出来る』

大人たちが言う『死ぬ子供』がロイドのことだと、幼いエマもすぐに気がついた。

『ロイドは運が悪い子だよな。せっかくドレイク家の長男に産まれたというのに、こんな荒れた土地で虚《むな》しく死んでいくなんて』

ロイドが死ぬ。

その言葉に、エマが受けた衝撃は計りしれない。

自分と結婚すれば、彼はきっと幸せになれる。病気もいずれ治るし、二人はずっと一緒にいられる。

それがあまりに幼い考えだったと、エマはようやく気づいたのだ。

そして涙をこらえ、エマは兄に縋り付いた。

『……ロイドは、死んでしまうの？』

客たちの噂話《うわさばなし》は兄の耳にも入っていたのだろう、彼は人気のない場所にエマを連れ出すと慰めようと必死になってくれた。

『そんなことはないよ。それにね、実はベルフォードには肺の病に効く薬があるらしいんだ。俺の知人が治験に携わっているし、その薬でロイドはきっとすぐ治る』

そして兄は、エマにわかりやすい言葉で希望はあると話してくれた。治療のために、ロイドがベルフォードに渡るかもしれないとも教えてくれた。

『……ただ、あいつはあまり乗り気じゃなくてね。でも俺が説得してみせるし、あいつは絶対死なないよ』

心配ないと兄は言っていたが、説得は難しいのではとエマは幼心に思ったのだ。

ロイドはああ見えて頑固で気が強い。それに何より、彼は約束を守る男だ。

『ロイドがベルフォードに行かないのはエマのせいかも……』

『そんなことないよ。ただ、あいつが怖がってるだけだ』

『でもエマ、ロイドにずっと一緒にいてって言っちゃった……。王子様になってって、言っちゃった……』

だからきっと、ロイドはベルフォードには行かないと言ったのだと幼いエマは思い込んだのだ。その思い込みから、翌日エマはロイドにひどい嘘をついた。

『エマ、好きな人が出来たの。だからロイドとは……結婚しない』

窓辺に立つ彼に、その朝エマは告げた。振り返ったロイドは痩せ細った顔に、驚きと戸惑いを浮かべていた。

『好きな人？　エマの王子様は俺ではなかったの？』

『昨日の夜会で、本当の王子様に会ったの。だから……ロイドはもういらない……』

涙をこらえて、絵本に出てくる意地悪な魔女のような顔で、エマは告げたのだ。

『私、本当は弱い男の人嫌いなの！　男らしくて、逞しくて、私を守ってくれる王子様の方がいい！　何も出来ない、ロイドみたいな王子様はいらない！』

だからもう、ロイドのお姫様は止めると怒鳴って、エマはロイドの部屋を飛び出した。

以来ずっと部屋に籠もり、エマはロイドの前に顔を出さなくなった。

顔を見れば好きな気持ちがあふれてしまいそうだったから、代わりに自分がいかにロイドを嫌いかという手紙を書いて、それを毎日彼の部屋にそっと差し入れた。

ロイドが兄と父の勧めでベルフォードに行くと決まったのは、それから三週間後のことだ。

留学費はいつか返すと約束してくれたが、しばらくしてベルフォードは戦争に突入し彼は予定の時期になっても帰国しなかった。

そしてエマの家では両親が事故で亡くなり、エマは家督を継いだ兄を支えることで手一杯になった。

兄づてにロイドが生きていることは知っていたが、自分とロイドをつないでいた兄も急な事故で亡くなってしまい、以来音信不通となったのだ。

正直、寂しくなかったと言えば嘘になる。

でも領主となり、逼迫《ひっぱく》した財政状況を改めて目の当たりしたエマは、あのときの選択は正しかったと思っている。

あのままこの屋敷に残っても、彼に未来はなかった。エマの両親の死にショックを受けてよけいに身体を壊したかもしれないし、もしエマと結婚していれば兄が亡き後負債を抱えた領地を治める責任まで背負うことになっただろう。

それに彼の身体が耐えられたとは思わないし、彼がベルフォードで成功したことを思えば

自分の選択は間違っていなかったのだ。

（それでもあの言葉を無かったことにしたいと思ってしまうなんて、私は本当に愚かね）

そして改めて、自分は彼を怒鳴りつけたときから何も成長していないのだと感じる。

情けなさにうなだれていると、穏やかな足音がエマへと近づいてきた。

「領主様自らお茶を入れてくれるなんて光栄だな」

軽い口調に、エマは少しだけほっとする。

顔を上げると、そこにあったのはロイドの笑顔だ。エマの言葉に傷つき、泣きそうな顔をしていた頃の面影は欠片《かけら》もない。

「ただ、使用人がいないだけよ。もう、誰か雇う余裕もなくて」

「確かに、家もだいぶくたびれているね。家財も減ったようだ」

「お金になる物はあらかた売ってしまったの。銀もうほとんど取れないし、国に納めるお金を作るだけで精一杯で」

「相変わらず、レッドバレーは貧しい？」

「でもそれも変わるわ。ダイヤモンドさえ取れれば、昔の活気のあるレッドバレーが戻るはず」

と言ってもエマは最盛期を知らない。けれど父の話では、鉱山が稼働していた頃は多くの人と物が行き交い、荒れ地とは思えぬ活気に満ちていたらしい。

「活気が戻れば若い人たちも帰ってきてくれるだろうし、領地に残った人たちもまた家族で暮らせるようになる……」

　貧しさ故に、家族をこの地において出稼ぎに行く若者は多い。

　彼らが泣く泣く故郷を去る姿を見てきたエマは、いつかは家族全員が豊かに暮らせるよう、新しい産業を興さねばとずっと奮闘してきたのだ。

　エマは、故郷に残される寂しさを誰よりもわかっている。リズはいてくれるが、家族はもう二人だけだし、彼女がベルフォードの大学に行きたがっていることも知っている。

　クレー国と違い、ベルフォードは女性の進出が盛んで大学にも通えるのだ。

　表だって口にはしないけれど、そこで大好きな鉱石の研究をするのがリズの夢だ。

　そしてそれを叶えてあげたいと、エマはずっと思っている。過去と、この場所に捕らわれどこにも行けない自分の代わりに、リズには自由に羽ばたいてほしかった。

「君はいつも、人のことばかりだな」

　不意に、ロイドがくすぐるようにエマの頬を撫《な》でる。

　驚いて茶器の載ったお盆を落としそうになると、ロイドはおかしそうに笑った。

「君の願いはきっと叶うから、そんな浮かない顔はしなくていい」

「元々こういう顔なのよ」

「そんなことはない。昔の君はもっと明るくて元気だった」

「それは、子供の頃の話でしょう？」

「人はそう簡単に変わらないよ。それに俺は五歳の君に傷つけられたんだ。復讐するならあの頃のような元気な君が良い」

にこやかな顔で言って、茶器を取り上げるロイド。

冗談めかした言葉に困惑しつつ、エマは改めて彼をうかがう。

「……でも、あなたは変わったわ」

「薬のおかげだよ」

「体調だけじゃなく内面もよ。昔は、冗談ばかり言う人ではなかったでしょう？」

「冗談を言っていると思うのか？」

「ええ。冗談と本気とが混ざっている感じがして、あなたの本意がわからないわ」

「それが狙いだよ。君を混乱させて楽しんでる」

「それも復讐？」

「そうだな。君を困らせるのは楽しい」

茶器を片手に、ロイドがこぼした笑みは妙な色香に満ちていて、エマは落ち着かない気持ちになる。

思わず視線を泳がせると、楽しげな笑い声が響く。

（確かに、困らせて楽しんでるのは本当みたい……）

「俺は、君を混乱させ戸惑わせたい。だからこういうこともする」

言うなり、ロイドがエマの顎をそっと摑んで上向かせる。

何をするのかと身構えた瞬間、唇に柔らかな物が重なった。

それがロイドの口づけだと気づいた瞬間、エマは持っていた盆から思わず手を放す。

しかし盆が床に落ちることはなかった。どうやらロイドが、キスをしながら盆をさりげなく奪っていたらしい。

「な、なんで……」

「君を困らせたかったから」

楽しげな声の中にほんの少しだけ切なげな色をにじませながら、ロイドがもう一度啄《ついば》むようにエマの唇を奪う。

真っ赤になって固まると、ロイドは満足げに微笑んだ。

「効果は抜群だな」

「だ、だってキスなんて……」

「したことがないのか？」

恥ずかしくて肯定も否定も出来なかったけれど、初めてだとロイドにはバレている。

「大嫌いな男と初めてのキスをする気分は？」

「……言いたくない」

とても良かっただなんて、言えるわけがない。

「なら、言いたくなるまでキスしようか?」

「そ、それはだめ……」

これ以上したら、ロイドを好きな気持ちがあふれてしまいそうだったので慌てて彼の側から逃げ出す。

動揺するエマに笑って、ロイドは茶器と盆をテーブルに置く。そして彼は自由になった腕を使って、部屋の隅まで後退したエマの身体を抱き寄せた。

「なら、抱擁にしようか」

「ほっ……」

「これも、効果は抜群だな」

「だって、キスみたいに……近いし……」

「キスのときよりもっと近づけるぞ?」

さっきは間にお盆があったけれど、今はそれがない。

壁際まで追い詰められ、背中に腕を回されると身体のほとんどが密着してしまう。

「身体、ガチガチだな」

「当たり前でしょう」

「昔は自分からくっついていたじゃないか」

「子供の頃の話よ。それに、大人の男性と……こんなに近づくのははしたないって教えられたし……」

「その様子じゃ、もしかして恋人もいないのか？」

「い、忙しくて……作る暇なんてなかったわ」

暇だったとしても、きっと作らなかったに違いないけれど、それは言えない。言えば、ずっとロイドを思っていたことがバレてしまう。

「じゃあ、君にこんなに近づいた男は俺だけ？」

「に、兄さんはよくくっついてきたわ……」

「ハワードは身内だろ。でもそうか、俺だけなのか」

困り果てるエマに気をよくしたのか、ロイドは満足そうにうなずいた。

「なら今後も俺だけだ。それも、条件の一つに加えよう」

「こ、婚約者なんだし……条件に入れなくてもそうするわよ」

「君は律儀だな。昨今は、婚約者に操を立てない女性たちも多いのに」

「立てないでほしいの？」

「いいや。立てなかったらお仕置きだ」

不敵な笑みに、エマはびくりと身体を震わせる。他の男と浮気をする予定はないが、もし何かあったら恐ろしいことが待っていそうだ。

「君は俺の物だ。永遠に、俺からは自由になれない」

「……それが、あなたの復讐?」

「そうだ。そして君が俺を傷つけたこの部屋で、俺も君を傷つける」

そこでもう一度唇を奪ってから、ロイドはエマの耳元に唇を寄せる。

「今夜、君を俺の物にする。それで契約は完了だ。明日にも計画を進めよう」

囁《ささや》かれた言葉は甘く、エマの心を搦《から》め捕《と》る。

ロイドの言葉の意味がわからぬほど初心ではない。でもそうした経験のないエマはどうしても緊張してしまう。

「じ、事業のためなら……いいわ」

「なら今夜この部屋に来るんだ、いいね?」

ロイドの言葉に、エマは身体を震わせながら小さくうなずいた。

◇◇◇　　　◇◇◇

懐かしい部屋で一晩を過ごしたい。

そんな理由をつけてエマの屋敷に滞在することになったロイドに、エマは緊張しリズは大喜びだった。

そして何の事情も話していないのに「今日は友達のところに泊まるから‼」と読まなくていい空気を読み、夕飯を取ると出かけてしまった。

エマは女性が一人で出かけるなと叱ろうとしたが、妹が聞く耳を持つわけがない。

それに彼女の言う友達は信頼できる相手だし、家にいられて何か聞かれたらそれはそれで困ると気づいて、結局送り出すことにした。

残されたエマは緊張のあまり後片付けさえままならず、見かねたロイドに皿を洗わせてしまうという有様だ。

「お皿より自分を洗っておいで」

なんて意味深な言葉で浴室まで追い立てられ、覚えのない洗髪剤や石鹸《せっけん》などを手渡される。

「あとこれも」

「……な、なに……これ……⁉」

「寝間着だよ。ドレスもろくに持っていない君のことだから、寝間着も無いかと思って用意しておいた」

「こ、これが寝間着……？」

どちらかと言えば下着に見えるのだが、ロイドは寝間着だと言い張った。

「風呂から上がったら、それを着て俺の部屋に来てくれ」

「こ、これで……？」

「君が着てくれるのを楽しみにしている」

そう言って微笑まれると、嫌とは言えないエマである。

案の定、風呂から上がって寝間着を着ると布の薄さに悲鳴を上げたくなるが、これも事業のためだと自分に言い聞かせる。

(それに私だって、本当は……)

男女の行為について教えられたとき、自分がそれを好きな相手とは出来ないのだと知ってエマは悲しかった。

そして改めて、自分はロイドに未練があるのだと気がついたのだ。

小さな自分の頭を撫でてくれたあの手つきを思い出し、触られるならロイドが良いと思った。

その願いが叶うなんて思いもしなかったし、今でさえなんだか現実感がない。

しかし控えめなノックと共にロイドの部屋に入ると、彼はそこに立っていた。

「……これは、参ったな」

以前より凛々しさを増した顔には、僅かな困惑が見て取れた。

寝間着が似合わなかったのだろうかと思い焦っていると、彼は予備のナイトガウンをエマの肩にかける。

「まさか、本気で着てくるなんて……」

「え、冗談だったの⁉」

「君の性格的にこういう服は好きじゃないだろう？　だから復讐の一環として、少し困らせたかったんだ」

なのに本気で着てしまった自分が、エマは情けないし猛烈に恥ずかしい。

「それにまさか、ガウンもなしとは」

「が、ガウンは……その……すごくボロボロだから……」

「でも身体が冷えてしまうだろう。ほら、おいで」

そう言ってロイドはエマを抱き寄せた。たちどころに、冷えた身体に熱が灯《とも》る。

理由は彼の着衣が少なすぎることだ。ガウンとズボン以外に、ロイドは服を身につけておらず、抱き寄せられるとエマはロイドの胸板に頬を寄せる形になる。

以前の細さが嘘のように逞しく育った胸筋に、エマは手で顔を覆いたくなるががっちり抱きしめられているのでそれも叶わない。

「あ、あなたが冷えない……？」

離れる口実を探して尋ねてみるが、返ってきたのは笑顔だった。

「君が温かいから大丈夫だ」

確かに、うっかり触れてしまったロイドの肌はむしろ熱いほどだ。

「でもありがとう。俺のために着てきてくれたかと思うと嬉しいよ」

「冗談を真に受けるなんて恥ずかしいわ」

「でも可愛いしよく似合ってる。エマは本当に綺麗で、俺にはもったいないくらいだな」

言いながら、ロイドはエマを抱きしめる腕の力を少し強める。

「なあ、俺は君の理想に近づいているか？」

「理想……？」

「前に言っていただろう。男らしくて、自分を守ってくれる王子様の方がいいって」

ロイドを振ったときのことを思い出し、エマは答えに困る。

「あれはつまり、逞しい男の方が好きだってことだろう？」

「もしかして、そう言われたから……鍛えたの……？」

「それもある。嫌いだった男が好みの容姿で舞い戻ってきたら、悔しがってくれるかと思ってね」

昔のままのロイドでも十分素敵だと思っていたけれど、鍛え上げられた肉体を見ていると前以上にドキドキする。以前投げつけた台詞は咄嗟の物だったけれど、確かにエマは屈強な男性が好きなのかもしれない。

「ただ、元々の体つきのせいでそこまで筋肉がつかなくてね。君の理想に沿っているか少し不安なんだ」

「十分すぎる程よ。それにこれ以上鍛えるなんて出来るの？」

「軍では、俺よりもっと立派な体格の奴《やつ》がたくさんいたよ。ただ生まれ持った骨格や身体の丈夫さに左右されるから、俺はそこまで行けなくてね」

「むしろ今でも十分すごいわ。あんなに細かったのに、こんな……」

「努力したんだ。何年もね」

別れてから十四年、別人になるには十分すぎる時間なのかもしれない。

一方エマの方は、この十四年で何も変わっていない気がする。周りの環境は過酷になってしまったけれど、それに振り回されるばかりで自分自身はあの頃から何も成長していない。

「私も、あなたみたいに強く変わりたかった……」

「変わるまでもなく、君は強いと思うけど？」

「強くないわ」

「でも、こんな状況で君はよくやってる。普通の女の子なら、もっと早くに心が折れて全てを逃げ出しているはずだ」

「逃げる場所がなかったから、ここにとどまっているだけよ」

ロイドとの思い出を心のよりどころにして、叶うはずのない夢を見ながら彼女はここにとどまっていた。

もうエマはロイドのお姫様ではないのに、童話のように彼が颯爽《さっそう》と助けに来てくれるのを多分待っていたのだ。

実際その通りにはなったけれど、ロイドはもうエマの王子様ではない。彼の目的もエマの救済ではない。利益と復讐を求め、エマを抱くのもそのためだ。

(それでも嬉しいだなんて、本当に私は馬鹿ね……)

そして本心をロイドに告げられない、ウソつきで最低な自分にうんざりする。でももう、ここまで来たら引き返せない。

唯一出来るのは、彼への愛情を必死に隠すことだけだ。

「私は今も昔も同じ。あなたを傷つけることしか出来ない愚かな女なの。だから……」

「言わなくてもわかってる。君が何も変わらないとわかっているから、俺は復讐しに来たんだ」

うつむきがちな顔を上向かせ、ロイドがエマの唇を奪う。

復讐と言うには、あまりに甘い口づけだった。口づけに慣れないエマを気遣うように、唇を啄む動きはとても優しい。

それに絆され力が抜けると、ロイドはエマの歯列を割り舌を差し入れた。

「ン……ぅ、ッン……」

普通のキスさえ経験がほぼないのに、舌を使った深いキスに応えられるわけがない。

「本当に、君は昔と変わらず初心なままだな」

戸惑い固まってしまったエマに気づいたのか、ロイドが唇を離し苦笑する。

「ご、ごめんなさい……」

「謝らなくていい。それより、舌を出して」

促されるままおずおずと舌を出せば、ロイドの舌がそれを荒々しく搦め捕る。

「……ンッ、そのまま、もっとこすりつけて……」

言われるがままロイドと舌をあわせていると、唾液が絡まる嫌らしい音が響く。

「上手だ、次はもっと強くしようか」

言われるがまま、舌を搦めているうちに、エマの思考はぼんやりと蕩《とろ》けていく。気がつけば舌を突き出すだけでなく、ロイドの口に自ら口づけ舌を差し入れていた。

「ッ……ふ……んぅ……ぁ……」

ロイドとのキスはあまりに心地が良い。夢中になって舌を搦めていると、エマの身体をロイドが抱き上げる。

「……きゃっ」

「ベッドに運ぶ。扉の前じゃあまりに情緒がない」

復讐のためだといった癖に、ロイドはこんなときでも紳士だった。

抱き上げたエマをベッドに寝かせ、「脱がすよ?」と一声かけてからガウンを優しく取り払う。

長いキスで呼吸を乱していたエマはなすがまま、ロイドの目の前で肌を晒《さら》す。

寝間着は布の面積が少ない上に、肌が透けるほど薄い。ネグリジェのようだが裾も短く、セットで置かれていたショーツが見えてしまうくらい太ももが出るのだ。

「とてもよく似合ってる」

「……でもこんなの、初めてで……」

「ベルフォードではこういう寝間着や下着が貴族の間で流行《はや》っているんだ」

「も、もしかしてこれ、すごく高い？　薄いけど、肌触りもとてもいいし……」

「俺にとってはささやかな額だよ。それより君は、値段や手触りよりもっと別のことを気にするべきだと思うけど？」

言いながら、ロイドが触れたのは、薄い寝間着を持ち上げているエマの胸だ。

豊かな双璧の頂は不自然なほど膨らんでおり、エマはぴんと立ち上がった自分の胸に頬を染める。

「キスしかしてないのに、もう熟れてしまったね」

「こ、これは……普通……なの？」

「ああ。女性は気持ちよくなると、ここが果実のように赤く熟れるんだ」

寝間着の上から先端を摘まれ、エマは羞恥に身体を震わせた。

摘まれた頂を指先で捏《こ》ねられると、恥ずかしさとは違うゾクゾクとした震えが全身を駆け抜ける。

キスをしていたときから感じていた甘い痺《しび》れも強まり、エマは細かく息を吐きながら口元を手で押さえる。

そうしないと、妙な声が出てしまいそうだった。

「声は我慢しなくていい」

「ん……、でも……」

「今日は何かを我慢するのは禁止だ。声も、身体も、素直になってくれ」

エマの細い手首を摑み、ロイドはシーツに縫い付ける。

それから彼は、布の上からエマの乳首に口づけた。

「あ……だ、だめ……」

最初は軽く唇を寄せるだけだったのに、気がつけば布ごと頂を食《は》まれてしまう。舌で甘い刺激を加えられながら、果実を摘み取るように胸を揉《も》まれると、エマの熱が高まっていく。

腰の奥がじんと甘くうずき、もよおしたような感覚まで訪れて、エマは太ももを自然と擦り合わせる。

その動きに気づいたのか、ロイドがゆっくりと乳房から唇を離す。

唇から解放された乳首は先ほどよりもピンと張り、彼の唾液で濡れた寝間着をいやらしく持ち上げていた。

「もう、感じてしまった？」

「かん……じる……？」

「ここが熱いかい？」

ロイドの大きな手が胸から腹部を辿《たど》り、エマの太ももへと下る。

身体を撫でる手つきは穏やかなのに、ぎゅっと閉じた太ももを撫でられると身体も心もザワザワと落ち着かなくなる。

「もしや、もう濡れてしまったかな？」

「そ、それは……」

言い当てられて恥じらっていると、ロイドが閉じた太ももをぐっとこじ開けた。

ショーツを取り払われ、しっとりと濡れたあそこが直に晒される。あまりの羞恥に太ももに力を入れようとするが、逞しい腕を前にひ弱なエマが勝てるわけがない。

「隠さなくていい、濡れるのは恥ずかしいことじゃない」

「でも、子供のように漏らしてしまうなんて……」

「ここからこぼれているのは、君が想像している物じゃない」

言うなり、ロイドの中指が濡れた花弁を軽くこする。

それだけで、腰がビクンと震えるほどの愉悦が駆け抜けた。思わず太ももから力が抜けてしまうと、膝を立てた状態で先ほどより大きくまたを開く体勢にさせられてしまう。

「や……ッ、あぅ……だめ……こんな、かっこう……」

抵抗しようとしてみるが、ロイドの指に秘裂をなぞられるとはしたない声がこぼれそうになり、やめてほしいと懇願することさえ難しい。

「恥ずかしがる必要なんてない。それにほら、これは汚い物じゃない」

花弁を拭っていた指を持ち上げ、ロイドはそれをエマの前に見せる。

「これは、女性が男を受け入れるためにこぼす蜜だ。多ければ多いほどいい」

ロイドの指の間で糸を引いている物は、確かに尿とは違う。蠟燭《ろうそく》の明かりを受けて輝くそれは確かに蜜のようにも見える。

そう思った直後、濡れた指先をロイドが自身の口に含んだ。

蜜を嘗《な》めとる姿は妙に官能的で、どこか触られているわけでもないのにエマの肌が粟立《あわだ》つ。

「君の蜜はとても甘いな」

蜜と唾液で濡れた指先を、ロイドがもう一度花弁に近づける。

先ほどより滑りが良くなったのか指は襞《ひだ》を割りいり、エマの入り口を容易く押し広げた。

指が上下に動くたび、グチュグチュという音が大きくなる。多分エマの蜜の量が段々と増えているのだ。

「あ……なんだか……、ッン、……へんに……」

合わせて声にも甘さが増し、体中を切なさが駆け抜ける。

ロイドに入り口を広げられると、感じたことのない圧迫感に一瞬身体がこわばる。でも優しく押し広げられ、蜜をゆっくりとかき混ぜられると得も言われぬ快楽が身体の奥で弾けるのだ。

心地よさは理性を攫《さら》う波となり、気を抜くとロイドの指に自ら腰をこすりつけそうになってしまう。

そんな自分が恥ずかしくて、怖くて、快楽から逃れようとシーツをきつく握りしめていると、ロイドがエマの太ももにちゅっと優しく口づけた。

「怖がる必要はない。気持ちよさに呑まれてしまえばいい」

「く……ンッ、でも……」

「恥じらいが枷《かせ》になるなら、それもとってあげよう」

中をかき混ぜながら、ロイドが身体をゆっくりと倒す。

まさかと身構えた瞬間、襞の間に隠されたエマの肉芽をロイドの舌がなで上げた。

「っあ、……やぁ、あ、だめ、だめ……」

舌先に向かれた芽から、強烈な愉悦が駆け抜けエマは激しく身体をしならせる。

その間もロイドは洞から指を引き抜かず、中からもエマの感じる場所をこすられたまらない。

あまりの刺激に世界が蕩け、エマは自分が自分で無くなるような感覚に陥る。

四肢をピンと張り詰め、愉悦を逃がそうとしたが無駄だった。

巧みな舌使いで転がされた芽は真っ赤に熟れ、肉洞から掻《か》き出《だ》された蜜がシーツを濡らす。

その音を聞いているだけで心地よさは増し、音を伴う激しい愛撫《あいぶ》がエマの意識を高みへと引き上げる。

「だめ、なにか……アッ、ッ……きちゃう……、ッ——！」

言葉を発することが出来たのはそこまでだった。

ビクンとひときわ大きく身体が跳ねると共に、意識が快楽に飲まれてしまう。愉悦に震える身体を動かすことはもはや出来ない。

「……あ、……っ……ッ」

口からこぼれるのは熱い吐息ばかりで、いつもはない色香がエマの表情を淫らに彩る。

シーツの上で身体を震わせていると、蕩けきった双眸《そうぼう》をロイドが覗《のぞ》き込《こ》んだ。

自分を見つめる切なげなまなざしに、エマは自然と腕を持ち上げる。

最後の力を振り絞って頬に触れると、ロイドはその手を取り自ら頬をすり寄せる。

「……もう、君を……しない……」

彼がこぼした言葉はよく聞こえず、伸ばした手が死角になって口元もよく見えない。

ロイドが何を考え、自分に何を求めているのかと尋ねたかったけれど、絶頂と共に訪れた疲労感がエマの意識を眠りへと誘っていく。

（まだ、彼の顔を見ていたいのに……）

エマの知識が正しければ、男女の行為はこれで終わりではない。ここで中断してしまえば、ロイドの目的は果たせない。

それがわかっていたが、睡魔を遠ざけようとしたエマの頭をロイドの大きな手がそっと撫でる。

「眠って良い。一度に全てを奪うつもりはないからね」

エマの側に横たわり、ロイドは彼女の身体を抱き寄せる。

（そういえば、昔もよく……こうしてお昼寝したっけ……）

眠りに落ちかけた意識が、懐かしい記憶を不意に呼び覚ます。

遊び疲れた小さなエマは、いつも勝手にロイドのベッドに入っていた。女の子だからだめだよと彼は最初困っていたけど、眠そうな彼女を見ると「仕方ないな」と苦笑しながら側で眠ることを許してくれた。

ロイドのぬくもりと薬の匂いが混じった体臭をかぎながら眠る一時はとても幸せだった。

（あのときと色々なことが変わったのに、やっぱり安心する……）

自分を抱きしめる体つきはまるで違うし、薬の香りももうしない。

でも彼自身の香りは昔のままだし、何より眠りに落ちかけたエマの背中を撫でる手つきは同じだった。

「ロイド……」

思わず名を呼べば、低い美声が「ん？」っと優しい返事をした。

彼が側にいる。名を呼べば答えてくれる。

ただそれだけのことが無性に嬉しくて、エマの瞳からは涙がこぼれる。

そのまま穏やかな眠りに落ちていくと、頬の涙を何かが優しく拭ってくれた気がしたが、その正体を摑む間もなくエマの意識は闇へと飲まれたのだった。

◇◇◇　◇◇◇

いつになく賑《にぎ》やかな朝の気配が、エマを心地よい眠りから目覚めさせる。

ここ最近は眠っても悪い夢を見るばかりで寝た気がしなかったが、今日はいつになく深い眠りへと落ちていた気がする。

（それに、なんだかとても幸せな夢を見ていた気がする……）

夢の詳細は覚えていないけれど、身も心も軽いまま目覚められたのはいつぶりだろうか。

もしかしたら兄が死んでから初めてだったかもしれないと思いながら身体を起こしたところで、自分が自室に寝ていることに気づく。

（あれ……確か私、昨日……）

今更のように昨晩の記憶が蘇り、戸惑いと恥じらいが津波のように押し寄せる。

恐る恐る自分の姿を見ると、あの薄い寝間着がエマの身体を覆っている。それを見た途端ロイドの愛撫を思い出し、エマは真っ赤な顔で膝を抱えた。

（昨日私、ロイドと……。でも彼の部屋にいたはずなのに、なんで……）

少なくとも自分で歩いて戻った記憶はない。となると彼が運んだのだろうか。

状況が摑めず戸惑っていると、そこで音もなく部屋の扉が開いた。

「ああすまない、もう起きていたんだな」

開いたドアの隙間から、顔を覗かせたのはロイドだった。

「眠っていたら起こすのが忍びないと思ってノックせずに開けてしまったが、やり直した方がいいかな？」

やけに楽しげな声に、エマは首を横に振り入室を許可する。

そこで今更のように寝間着姿だったことに気づいて赤面すると、ロイドが持っていた何かをテーブルに置き、ガウンを手にエマの側へとやってきた。

「朝食を用意したから食べよう」

ロイドはエマがベッドから起きるのを手伝い、持ってきたガウンを着せてくれる。

そのままテーブルへと誘われ、完璧なエスコートで彼女を着席させた。

彼が運んできたのは朝食だったのかと驚くエマの前で、ロイドはテキパキと給仕を始める。

「あ、ごめんなさい。準備は私が……！」

「やらせてくれ。最後までしていないとは言え、君の身体は疲れているはずだ」

どことなく甘い声音に、昨晩の記憶が蘇りエマは何も言えなくなってしまう。

それをおかしそうに眺めながら、ロイドはスープと卵料理を中心とした朝食を、エマの皿によそってくれる。

「これも、逆だな」

「逆って……？」

「昔は君が、俺に朝食を運び給仕してくれただろう」

「それも、よく失敗したわよね」

「君が転んだせいで、頭から卵まみれになったことがよくあった」

「ち、小さい頃は不器用だったの」

拗《す》ねるように言い返すと、ロイドが声を上げて笑った。

彼の笑顔は思い出の中よりもずっと素敵で、エマもつられて微笑んでしまう。

「さあ食べて。口に合えば良いけど」

「もしかして、あなたが作ったの？」

「今日のところはね。でも明日からは使用人を呼ぶつもりだ」

「無理よ、そんなお金は……」

「昨晩、君と僕の契約はなされた。だから君は俺の融資を得られる」

「でもあれは鉱山事業に関しての物でしょう？」

「エマは俺と鉱山の共同オーナーとなるんだ。つまり君も、俺にとっては投資の対象だ。見たところ君の暮らしはひどいし、このままだといずれ身体を壊すのが落ちだ。そうなれば事業自体が立ちゆかなくなる」

それに……と、ロイドはエマの姿をじっと観察する。

「いずれこの地は多くの人が注目することになる。良い意味でも悪い意味でも君は注目されるだろうし、そのときまでにもう少し領主らしい装いを整えないとね」

「……やっぱり、私は領主には見えない？」

不相応だと言われている気がしてうつむくと、ロイドの指がエマの顎を優しく持ち上げる。

「そこがいいんだよ。君は可憐《かれん》で愛らしい。それを隠している要素を取り除けば、領主と名乗るたびに驚かれる美しい女性になれる」

「う……うつく……しい……？！」

「なぜ驚く。君は毎日その顔を鏡で見ているんだろう？」

「う、美しいなんて……思ったことない。むしろすごく貧相だし……」

「それは君が健康的な食生活を送っていないうえに、似合う服を持っていないからだ」

言いながら、ロイドはエマの痩せた頬を優しく撫でる。

「だから君への投資を嫌とは言わせない。君をこの国で一番美しい女性にするのも復讐のうちだからね」

「それ、私にとっては何の不利益もないわ」

「あるさ。君は誰もがうらやむ女性になるが、そのときにはもう俺の物になっている」

そう言って、ロイドがエマの唇を優しく奪う。

復讐と言うには甘すぎるキスに戸惑っていると、彼は愉快そうに目を細めた。

「国中の男たちから言い寄られるのに、君は永遠に自由に恋が出来ない。それは復讐になり得るだろう？」

「でも、国中だなんて……」

「なら賭けをするか？」

面白がるように、ロイドはエマの唇を指でそっと撫でた。

「君に言い寄る男が現れなかったら、俺は君の言うことを何でも一つ聞こう」

「何でも？」

「君が望むことならね」

これ以上ロイドに望むことなどないが、彼は本気で賭けをする気らしい。

（自分が男性から言い寄られるなんてあり得ないのに、一体何のつもりかしら）

エマは不思議に思うが、ロイドは自分の考えに絶対の自信があるようだ。

「逆に、異性に言い寄られたら俺の願いを聞いてもらう」

「賭けなんてなくても、あなたには恩があるし何でも聞くわよ」

「それじゃあ楽しくないだろう」

ロイドは聞く耳を持たず、そのまま賭けをする流れになってしまう。

「負けたくないから、今日からさっそく君を磨かせてもらうよ」

「磨いたって……」

「結論を出すにはまだ早い」

そういって、ロイドは不敵に笑う。

さすがに無理だとエマは思ったが、ロイドの自信が崩れることは最後までなかった。

そしてその意味を、エマは早々に思い知ることになるのであった。

第三章

レッドバレーの領主、ヒル家のお屋敷と言えば『幽霊屋敷』という二つ名で有名だった。

初代当主、グレア＝ヒルの時代から受け継がれてきた由緒正しいお屋敷ではあったが、古いが故に改装や修繕を適時行わなければ瞬く間に朽ちてしまう。にもかかわらず、最後に修繕をしたのはもうかれこれ三十年前。屋根の一部には穴が空き、窓や壁からは絶えず隙間風が吹き込む有様である。

そんなお屋敷をまずは修繕しようとロイドが言い出したのは、エマたちがレッドバレーに戻ってきた翌日のことだった。

「あと、鉱山事業の拠点となる事務所を屋敷の敷地内に作ろう。事業が大きくなれば、人も場所ももっと必要になる」

もちろんエマやリズに拒む理由は無く、「とにかく任せて」というロイドにヒル家の者たちはうなずく他ない。

そしてそれをすでに見越していたのか、修繕の話が出たその翌日には人が呼ばれさっそく工事が始まった。

　同時に、彼はヒル家が昔雇っていた使用人たちを、今後のためにと呼び戻した。

　彼が連れてきたのは、泣く泣く解雇せざるを得なかった馴染《なじ》みの顔ばかりである。一体いつ、かつての使用人の素性まで調べ上げたのかとエマは驚いたが「復讐には事前の調査が必要不可欠なんだ」と流された。

　彼の手際の良さには驚愕《きょうがく》したが、家族同然だった使用人たちが戻ってきたのは嬉しいことである。

　一度解雇してしまったことを詫びると、皆「いいんですよ」と笑いもう一度働けることを喜んでくれた。また痩せ細ったエマとリズを見て心配し、今後は前以上に尽くすと口々に約束してくれた。

　そうしてエマたちの生活を支援するだけでなく、ロイドは鉱山事業の方にも手を抜かない。王都でエマの計画書を読んだときから準備を手配していたのか、一週間とたたず採掘用の機械と人員がレッドバレーにやってきたのだ。

　ある朝突然屈強な男たちが五十人ほど馬車で次々乗り付けてきたときは、正直何事かと驚いた。

「彼らは軍にいた頃の部下で、今は俺の会社の社員なんだ。戦争が終わった後仕事を手伝ってもらっていたが、事務仕事より身体を動かしていたい連中ばかりだから、採掘仕事の方が合いそうだと思って連れてきた」

紹介をされた男たちは、ロイドを超える巨漢ばかり。肉体だけでなく顔立ちも屈強な者が多いが、見かけによらず気は良いようで、年下のエマやリズにもよくしてくれる。

中でも彼らの先頭に立ってツルハシを握るリズは彼らに大層気に入られた。リズの方も女だからと彼女を馬鹿にせず、採掘に関する助言を請う男たちに好感を抱いたのだろう。

あっという間に仲良くなった彼らはさっそく試験採掘を始め、ダイヤを産出するキンバーライトと呼ばれる岩石を早々に見つけた。

見つかった岩石にはダイヤが含まれていなかったものの、このまま採掘すればいずれ原石を抱くキンバーライトが見つかるはずだとリズは豪語していた。

採掘が容易な河床の表面付近にあったことも幸いし、かかった時間は予定の半分。むしろ早すぎて、採掘の後に行う処理と回収を行うプラントの建設が全く間に合っていないほどであった。

順調すぎる展開に、正直エマは夢でも見ているような気分になる。

数ヶ月前はリズと今は留守にしている家令の『イーゴ』の三人きりで、雨風の吹き込む屋敷で孤独に事業計画書を書いていた。なのに、今は多くの人々が集い二人の計画以上の素晴らしい成果も上がっているのだ。

（……何だか、全然現実感がないわ）

そして現実感のなさに拍車をかけているのは、どんなときでもエマとつかず離れずの距離で仕事をしているロイドのせいだ。

「エマ、新規の鉱員たちの雇用契約書が出来たから、確認してもらえるか？」

ここ数日は寝る間も惜しんで仕事に追われているはずなのに、凛々しい彼の顔には陰り一つない。

二人が仕事場にしているのは、エマの屋敷の書斎だ。事務所が出来るまではここを簡易の仕事場にしようと決めて、二人は必要な書類の作成や予算の見積もりに追われている。

「確認なんかしなくても、あなたの書類はいつも完璧じゃない」

「でも、そういう口実でもないと君は俺に構ってくれないだろう？」

言うなり書類を受け取ろうとした手を握られ、指先に口づけを落とされる。

思わず真っ赤になって固まると、ロイドは声を上げて笑った。

「……し、仕事中なのに」

「息抜きも必要だろ？　特に君はもう四時間近く書類と格闘してる」

ロイドの言葉にはっとして時計を見ると、気がつけばもう深夜だった。

「そろそろ休まないと、せっかくハリが出てきた肌がまたくすんでしまうよ？」

言いながら、ロイドがエマの頰をそっと撫でる。

この数週間、ロイドの手配でまともな食事を取り、贈られたベルフォード産の化粧品を使うようになってから、エマの肌や髪は見違えるように綺麗になった。

「今は肌より仕事が大事だわ」

事業が順調に走り出したからこそ、やらなくてはいけないことは死ぬほどある。

それにエマはレッドフォードの領主だ。事業だけにかまけて、そちらの仕事を蔑ろにするわけにはいかない。

「これが終わったら、領民からの嘆願書もチェックしなきゃいけないし、週末は街にも顔を出さないと」

新しい人が増え、事業が本格的に動き出したのは良いが、急な変化に戸惑う領民たちも多い。それに人が増えることになれば、彼らが暮らす街の整備にも本格的に手を入れねばならない。

以前あった鉱山の閉鎖に伴い、レッドバレー唯一の町は縮小し商店や飲食店も数えるほどしかないのだ。

そんな状態では、満足な衣食住の提供は行えない。採掘作業は過酷な労働だし、彼らの憩いの場となる空間は絶対に必要だ。

それらの建設計画や費用の捻出など、考えるべきことは山ほどある。

「早く、イーゴが帰ってきてくれたら……」

兄の亡き後、領主としての仕事を手伝ってくれていた家令のことを思い出しながら、エマはため息をこぼす。

するとそこで、ロイドの眉が不満そうにひそめられた。

「君には、俺以外に頼れる男がいるのか？」

いつになく低い声音に、エマは戸惑いながらうなずく。

「イーゴは我が家の家令なの」

「使用人は全て解雇したといっていなかったか？　それに、昔いた家令とは名前が違うようだが」

「イーゴは、元々庭師なの。その後使用人を解雇しないといけなくなったとき『自分は行くところがないから、置いてくれるなら給金はいらない』って言ってくれて、彼だけ残ってくれたの」

「それで、繰り上げで家令になった……とか言わないよな」

「その通りだけど、何かおかしい？」

「庭師……それも拾ってきた男に家のことを任せるのはどうかと思う。それに、この家には女性しかいないだろう」

「大丈夫よ、イーゴは女性みたいなものだし」

「……意味がわからないんだが？」

戸惑う気持ちはわかるが、その辺りのことを説明するのはとても難しいのだ。

（いっそ、本人が帰ってきてくれたら……）

などと考えていた矢先、やけに野太い悲鳴が下の階から響く。

「あ、噂をしていた彼よ！　紹介するから是非一緒に来て」

「……どう聞いても不審者の声にしか聞こえなかったが、本当に大丈夫か？」

「安心して、イーゴはいつもああいう声なの」

そう言ったが、ロイドはそこで机の引き出しから銃を取り出す。

「ぶ、物騒な物はしまってよ！」

「こんな深夜だぞ、怪しいだろう」

「いいえ、あの妙に野太い声は絶対イーゴよ」

などと言い合いながら、エマたちは玄関ホールに降りる。

エマを前に立たせたがらないロイドの背中に隠れる形で階段を降りれば、そこにいたのはロイドの部下たちにも引けをとらない屈強な男だ。

「イーゴ！」

玄関に立っていたのが家族にも等しい男だと気づき、エマはロイドの脇をすり抜け階段を駆け下りる。

「おかえり！」

そう言ってイーゴを抱き寄せれば、逞しい腕が戸惑うようにエマの背中を撫でる。

「ただいまエマ。手紙で話は聞いてたけど、なんだかすごいことになってるわね」

改装をほぼ終え、綺麗に整えられた玄関ホールを見上げながらイーゴは感激している。

だがその直後、ロイドの姿を捕らえたイーゴの顔が引きつった。

「私のエマに触れないで頂けるか？」

同時に、ロイドの腕がエマをイーゴから引《ひ》き剝《は》がす。

突然ロイドに背後から抱き寄せられる形になり、エマは真っ赤になって戸惑う。

だがエマ以上に戸惑い驚愕していたのはイーゴだった。

「……ド、ドレイク大佐……!?」

雄々しい悲鳴に、ロイドがイーゴを見つめる。同時に手にしていた銃を持ち上げたところで、ロイドもまた驚いた顔で動きを止めた。

「イベルト……お前か!?」

「え、なんで……だって大佐はまだ療──」

「ひとまず今は黙れ。そして俺のエマから五歩離れろ」

ロイドの言葉に、イーゴの巨体がぴょんと跳びはね後退する。

「……全く。相も変わらず余計なことをしでかす奴だ……」

どこか忌々しげにロイドが口にした言葉は、声が小さくよく聞き取れなかった。しかし彼がイーゴと知り合いで、なおかつ彼に何か腹を立てていることくらいはエマにもわかる。

「えっと、二人はその……知り合いなの？」

「不本意ながら、彼は海軍時代の元部下だ」

「不本意って何よ！」

イーゴが抗議の声を上げたが、ロイドはそれを無視してエマを見つめる。

「しかしなぜ彼が家令なんだ？　こんな顔の男だ、普通なら警戒して雇わないのが普通だろう」

辛辣な台詞にイーゴがむくれるのを横に見つつ、エマは苦笑しながら彼が家令になった経緯を思い出す。

「兄さんが亡くなった少し後、突然家の前に倒れていたの。事情を聞いたら旅行中にお金が無くなって、空腹で死にかけていたんですって」

「……拾われた理由が馬鹿すぎないか？」

ロイドが白い目を向ければ、イーゴがわかりやすく憤慨する。

「馬鹿じゃないわよ！　それに倒れたおかげで、衣食住完備の就職先を見つけられたんだし」

「誇れることではないだろう。ヒル家は貧しいのに、お前のような者を雇ったせいで、余計に家計が逼迫していたのではないか？」

ロイドの言葉に、エマは大丈夫だとフォローを入れる。

「むしろお給金を出せないのに、イーゴはずっと仕えてくれていたの。他の人たちは解雇しないといけなくなったけど、住む場所があるのならお金はいらないって言ってくれて」

「それで、ずっとここに？」

「ええ」

うなずきながら、エマは改めてロイドとイーゴを交互に見つめる。

「でもイーゴが海軍にいたなんて知らなかったわ。身体は大きいけど心は乙女だし、軍人っぽくなかったもの」

「え、えっと……、合わなかったから早々にやめたのよ。それに、海軍にいたときのドレイク大佐はメチャクチャ厳しくて――」

「勝手に俺の過去を喋るんじゃない」

まだ言葉の途中にもかかわらず、ロイドが突然銃口をイーゴの額に押し当てる。

「アタシ、今殺されそうになるほどのこと言った⁉　言ってないわよね⁉」

「他人に自分のことをペラペラ喋られるのは嫌いなんだ。とにかく、五体満足でいたければ黙っておくのが賢明だ」

そこでようやく銃をしまったロイドに、エマとイーゴはひとまずほっと息を吐く。

だがまだロイドを警戒しているのか、イーゴはすり足でエマに近づきさりげなくその背中に隠れた。

そんなイーゴに苦笑しつつ、エマはそっとイーゴに視線を向ける。

「ねえ、ロイドってやっぱりすごい人なの？」

「すごいどころじゃないわよ、海軍にいた頃の大佐はそれはもう――」

イーゴは何か言いかけたが、そこでロイドがもう一度銃を引き抜く。

「君は、元軍人の癖に言われたことが一度で理解できないのか？」

「いやでも、今は聞かれたから答えただけで……」

「額に風穴を開けてほしいのか？」

「も、もう何も……言いません」

「結構。あと彼女は俺の婚約者だ、離れろ」

「え、婚約……!?　まさか、リズの手紙にあった『超かっこいいお姉ちゃんの婚約者』って大佐!?」

慌ててイーゴが後退すると、ロイドがエマを抱き寄せ微笑む。

「そういうことだから、君は今後二度とエマに触れないでくれ」

「ちょ、ちょっと！　イーゴは家族みたいな物だし、他の男の人とは違うわ」

「だからこそ遠ざけるんだよ」

「でもほら、見てわかる通りイーゴって心は女の子なの」

「しかし身体は男だ。それに男性も女性もいける可能性もある」

「だとしても、私には全っ然興味もないから」

エマはロイドを落ち着かせようと必死になっていたが、彼はなかなか納得しない。

どうしたらわかってもらえるのだろうかと悩んでいると、そこで突然イーゴの顔がぱっと輝く。その視線の先を追えば、騒ぎを聞きつけて起きてきたリズが二階から降りてくるのが見えた。

（あ、これは助かったかも……）

そう思った直後、「ぎゃあああ」と野太い悲鳴を上げて、イーゴがリズへと駆け出した。

「もうっ！　もうもう！　女の子がそんな薄着で歩いちゃだめっていってるでしょう！」

叱る言葉とは裏腹に、イーゴの声はデレデレだ。それにうんざりした顔をするリズを、イーゴがぎゅっと抱きしめる。

「相変わらずうるさいマッチョねぇ……」

「うるさいって何よ。アタシは可愛い可愛いリズちゃんの身体のためを思ってるの！」

「だったら深夜に大騒ぎしないでよ。せっかく質の良い火山岩を手に入れた夢を見てたのに、イーゴの野太い声で起きちゃったじゃない」

「じゃあほら、アタシが添い寝してもっと良い夢見せてあげるから」

「イーゴの胸板にくっついて寝ても、ろくな夢見れないわよ……」

文句を言いながらも睡魔に負けてうとうとしているリズを、イーゴは嬉々《きき》として抱え上げ寝室まで運んでいく。

先ほどの怯《おび》えた表情が嘘のように、鼻歌まで歌いながら二階に消えていくイーゴを見てロイドはようやく納得したらしい。

「あの二人は、いつもこんな感じなのか？」

「ええ。二人はいっつもベッタリだし、とにかくイーゴはリズが大好きなの。リズのためならなんでもするって言って、この数ヶ月間は出資者を探すために国中を回ってくれたのよ」

とはいえレッドバレーの名を出すといい顔はされず、出資者探しは難航していたらしい。

「一番当てに出来そうな知り合いとは連絡がつかないし、出資者も見つからなくて辺境のウルベルン領まで足を運んだみたい」

「辺境……なるほど、通りで行方がわからなかったわけだ」

「え？」

ロイドが小声で何か呟いたが、エマは聞き取れず首を傾げる。しかし彼は、なんでもないとそれを流す。

「しかし、彼が恋人のためにそこまでする男だとは思わなかったよ」

「それが、付き合ってるわけではないみたいなのよね。リズって土とか岩以外のことに何も興味がないから、イーゴにもそっけなくて」

「そういうところは、姉妹でよく似ているな」

「どういう意味？」

「君も、俺にはそっけない」

言うなりじっと顔を覗き込まれ、エマは戸惑い真っ赤になる。

「そ、そんなことはないと思うけど……」

「でもイーゴを見たときの方が楽しそうだ」

「そ、そりゃあ久々に会えたんだし……」

「それに彼は、君の理想だろう」

「理想？」

「もやしより、逞しい男の方が好きなんだろう？」

ロイドの指摘に、エマはかつて彼に投げつけた言葉を思い出す。

彼に嫌われようと考え、エマは彼の細い身体を嫌いだといったのだ。それを、彼は相当根に持っているのだろう。

「体つきで言えば、イーゴの方が俺より逞しい」

「でも私、イーゴのことは妹の面倒を見てくれるお姉ちゃんくらいにしか思ってないわ」

口調や仕草が女性的なため、男ともあまり思っていないエマである。だからこそ、女性ばかりの家に男を入れるなんてとロイドに怒られて初めて、我が家のちぐはぐさに気づいたくらいだ。

「あんなお姉さんがいるか」

「でも私にとってはお姉さんよ」

「なら、一度もあの筋肉を見てクラッときたことはないか？」

「うん。私もあれくらい逞しかったら、色んな人に嘗められずにすむのかなってうらやましく思ったことはあるけど」

「あれをうらやむ必要はない。君は君のままで良い」

むしろ絶対にああならないでくれと真面目な顔をするロイドがおかしくて、エマは思わず噴き出し、声を上げて笑ってしまう。

自分でも驚くほど大きな声がこぼれると、ロイドもまた驚いた顔で固まっていた。

気を悪くさせたかと思って慌てて口を押さえると、ロイドがぐっと顔を近づいてきた。

「ご、ごめんなさい」

「なぜ謝る」

「気分を害したのかと……」

「逆だ。久しぶりに、可愛い笑顔が見られて嬉しかった」

言いながら頬を優しくつねられ、エマは真っ赤になって固まる。

「それに笑い声も可愛かった」

「きゅ、急に褒められると照れくさいからやめて」

「照れずに、素直に喜んでくれてもいいんだよ？」

「だって、お世辞じゃない。俺は、女性には嘘はつかない誠実な男だ」

「お世辞を真に受けるのもあれだし……」

「誠実な男が、復讐しようとする？」

「中にはそういう男もいる。それに復讐することを隠さず近づいている時点で誠実だろ？」

冗談めかした言葉に、エマは再び笑ってしまう。

「あなたって、全然誠実じゃないわ。ウソつきだし冗談ばかり言うし」

「だから嘘は言ってないよ」

「でも色々と嘘くさいわ」

エマの言葉に、ロイドは心外だという表情を返すがそれさえ演技がかっていて、本心は読めない。でも心の内を明かしてくれないことに、不思議と不快感はない。

彼の復讐がどこまで本気かはわからないが、少なくとも過去に彼を傷つけたのは事実だし、エマへの恨みがあるのは確かだろう。

だとしたら、心の内を見せてくれないのも仕方のないことだ。むしろ恨みを抱えながらも、領地の立て直しと鉱山事業に尽力してくれる彼には感謝しか無い。

（今はウソつきかもしれないけど、やっぱりこの人は優しい……）

その優しさにどこまでも甘えそうになる自分を律しながら、エマは「そろそろ仕事に戻ろう」とロイドに背を向ける。

　しかしそこで、ロイドはエマの手をそっと掴んだ。

「いや、今日はもう休もう。君はずいぶんと疲れているようだ」

「でも……」

「それにイーゴは役に立つのだろう？　ならば明日からはもう少し仕事が楽になるだろうし、今無理をして君に倒れられるのは困る」

　確かに、イーゴは無骨な容姿に似合わず事務仕事が得意だ。数字にも強いし、彼がいてくれれば今よりも楽になるだろう。

「でも寝られるかしら……。最近は夜更かしに慣れてしまったし、目も冴《さ》えているからベッドに入っても寝付ける気がしなくて……」

　それなら仕事をしていた方が効率的ではないかと考えた瞬間、突然ロイドがエマの腰に腕を回す。

「なら、俺が君をぐっすり寝かせてあげようか」

　そのまま身体を横向きに抱き上げられ、エマは驚きのあまり小さく悲鳴を上げる。

　慌ててロイドの首に縋り付くと、楽しげな笑い声が側で響いた。

「さて、寝室まで行こう」

「でも仕事が……」

「仕事より、今は自分の心配をした方が良いと思うけど？」

向けられた言葉とまなざしは甘く艶《つや》やかだった。そこでようやく、エマはロイドの思惑に気づく。

「もしかして、また……」

「運動すれば、きっとよく眠れる」

そんな会話をしているうちに、エマは自分の寝室まで連れてこられてしまった。

ロイドはエマをソファに下ろすと、寝間着に着替えるようにと告げる。

「俺も着替えてくる。よく眠れるように酒でも持ってくるよ」

そんな言葉と共に取り残されると、エマは顔を覆ったままその場にしゃがみ込む。

（これってやっぱり、またするってことよね？）

ならばあの薄い寝間着を着た方が良いのだろうかと考えて、エマは小さく呻《うめ》く。

ロイドと甘い夜を過ごしたのは、後にも先にもあの一度だけだ。あれからずっと忙しかったし、二人は毎日夜遅くまで仕事ばかりしていた。

それをほんの少し寂しく思う自分がいたことに、エマは気づいている。

あの夜は最後までしなかったが、ロイドは続きを匂わせていた。だから毎晩のように彼からの誘いが来るのではと身構え、結果何事もなく「お休み」と言われるたびに、安堵《あんど》ともやもやを抱えていたのだ。

（今思うと、それもあってあんまり眠れなかったのよね）

故にロイドのことを考えすぎないように仕事を詰め込み、睡眠時間を日々削っていた。

そのせいで作業効率が落ちているのかもしれないと気づき、エマは情けなさと自己嫌悪に顔を覆う。

しかしいつまでもそうしているわけにはいかず、エマは渋々服を着替える。使用人たちが戻ってきたので手伝いを頼むことも出来たが、あの薄い寝間着を纏うところを見せたくなくて、あえて一人で服を脱ぐ。

久しぶりに纏った寝間着はやはり布が薄すぎる気がして、エマはナイトガウンを羽織る。

そこで、控えめなノックの音が響いた。

ロイドだと察して扉を開け、エマは思わず首をかしげる。

「あれ、それは……？」

思わず尋ねたのは、ロイドが見覚えのあるチェス盤をもっていたからだ。

「応接間にあったのを持ってきたんだ。これ、君の兄さんの物だろ？」

うなずき、懐かしい気持ちでチェス盤を眺める。チェスは元々ロイドとエマの兄が好んで遊んでいた物だ。それをうらやましがり、小さな頃にエマはロイドに遊び方を習ったのだ。

「埃《ほこり》を被っていたけど、最近は使っていないのか？」

「リズもイーゴも出来ないの。だから兄さんが死んで以来、相手がいなくて」

一人遊びをしようと思ったこともあったが、兄の死を思い出して悲しくなり、結局出来なかった。以来視界に入れるのも辛くて、被った埃をとることさえしていなかったのだ。

「じゃあ久々に、これで『運動』しようか」

「え、運動……？」

「そう、頭の運動。チェスで頭を疲れさせれば、きっとよく眠れる」

言いながらテーブルにチェスを並べ出したロイドを見て、エマは自分の勘違いに気づいて真っ赤になる。

薄い寝間着を着ているのがバレないようガウンの襟を押さえながら、エマは火照った顔を冷まそうと必死になった。

そうこうしているうちにロイドはチェスを並べ終え、ワインを開けた。

「さあ座って、久々に勝負しよう」

ロイドの誘いに、エマはおずおずと彼の対面に座る。

動揺を落ち着かせるためにワインをあおってから、エマは久々にチェスの駒に触れた。

（なんだか、とても懐かしい……）

兄が死んで以来見るのも辛かったけれど、今日は不思議と悲しみに捕らわれずにすんだ。

むしろロイドとチェスを挟んで向き合う懐かしさに、心がわくわくと弾む。

「せっかくだし、昔みたいに勝った方が負けた方に何でも命令できることにしないか？」

「えっ、何でも……？」

「そう、小さな頃によく賭けをしただろ？」

「確かに、幼い頃はそんな賭けもしたけど……」

「もちろん無理難題は言わないよ」

「全然信用できないんだけど」

「そもそも、チェスは昔から君の方が得意だっただろう？　それに俺の命令は、精々そのガウンを脱いでほしいって言うくらいだ」

ロイドの言葉に、エマは口に含んでいたワインを噴き出しかける。

「せっかくの可愛い格好を、是非見たいしね」

「か、可愛い格好なんてしてない！」

真っ赤になった時点で認めたような物だが、エマは気づかず否定の言葉を重ねた。

それをおかしそうに見ながら、ロイドは問答無用で駒を動かす。

「見せたくなければ勝てば良いんだよ」

「……ぜ、絶対に負けない」

「では、時間も遅いし早指しにしようか。エマはその方が得意だろ？」

そこまで優遇してもらって良いのだろうかと思う反面、ガウンの下を晒すのは恥ずかしい。

（見られたら、期待してたと思われちゃう……）

それだけは何としても阻止しなければと思い、エマは早指しでの対戦を受け入れた。

「絶対に勝つから」

「じゃあ、さっそく始めようか」

ロイドの方も自信があるのか、穏やかな態度を崩さない。

その余裕を崩してやりたいと思いながら、エマはさっそく駒を動かす。

チェスは久々だったが、エマの腕は鈍ってはいなかった。それにロイドの差し方は、兄のハワードによく似ている。一緒に遊んでいたせいで似たのかもしれないが、ポーンの動かし方が本当にそっくりだった。

(同じなら、余裕で勝ててしまいそうね)

ロイドが去ってしまった後、エマとハワードはずっと二人でチェスを遊んできた。両親が亡くなり兄が領主として忙しくするようになっても、週末の夜は必ず二人でチェスをするのが習慣だった。

『お前も、俺の他にチェスの相手をしてくれる男を見つけないとな』

そんな言葉を言われるたびに「兄さんだけで十分」と言い張っていた頃が懐かしい。

エマにとってチェスはロイドかハワードとするための物で、他の誰かとしたいなんて思わなかった。

だから兄が死んだとき、エマはもう二度とチェスをすることなどないと思っていた。でも今、彼女はこうして思い出の駒を動かしている。

楽しくて、幸せで、夢中になっているうちに戦況はエマの方が優勢になった。

「ああ、やっぱりエマは強い」

そして気がつけば、あと一手で勝ちというところまで来ている。ルークを動かし、チェックメイトと言えばエマの勝利は確実だ。

（でも勝ったら、ゲームが終わっちゃう……）

それが無性に寂しくて、エマは駒を持ったまま動きを止めた。

同時に、エマは言い知れぬ不安に捕らわれていた。チェックメイトといったが最後、目の前のロイドもいなくなってしまう気がしたのだ。

暗い考えがよぎってしまったのは、兄が亡くなった前日もチェスをしていたせいだろう。

珍しくあの日は兄が勝って、エマはとても悔しがった。だから来週は絶対負けないといったのに、再戦のチャンスは二度と来なかったのだ。

苦い記憶がこみ上げ、エマは今更のようにずっとチェスに触ってこなかった理由を悟る。

多分エマはこの記憶を思い出したくなかったのだ。最後に見た兄の笑顔はチェスに勝ったときの物だった。それを最後に、突然の事故で兄は旅立ってしまった。

「……エマ？」

ルークを持ったまま固まるエマに気づき、ロイドが声をかける。

彼の声で我に返ったが、チェックメイトの一言は出てこない。

代わりにエマの瞳から涙がこぼれ出す。

慌てて頬を拭おうと思ったが、持ち上げた手はロイドに優しく掴まれてしまう。

「我慢しなくていい」

柔らかな声に、涙が一つ二つと更に流れていく。

気がつけば嗚咽《おえつ》と、忘れようと思っていた兄の記憶までもがこぼれ始めた。

(どうしよう……涙も……悲しい気持ちも止まらない……)

泣き出すエマを見て、ロイドが彼女に身を寄せる。

「ごめん、なさい……」

「いいんだ。好きなだけ泣いていい」

震えるエマの身体を抱きしめ慰めるロイドの声はどこまでも優しかった。

「急に、兄のことが……」

「わかってる。俺も、あいつとチェスが出来なくて寂しいよ」

苦しげな声に嘘はなく、エマを抱きしめるロイドの腕はいつもより少しだけ弱々しい。

多分彼も、兄の死を悲しんでいる。そんな当たり前の事実に気づくと共に、エマは二人の友情を壊したのが自分であることに今更気がついた。

兄はロイドにとっては親友だった。エマが彼を追い出すようなことをしなければ、きっと二人の友情は永遠の物だっただろう。

（ロイドが私を恨んでいるのは、兄さんとの友情を終わらせてしまったからなのかも……）

家族に見捨てられたロイドにとって、兄は特別な友人だったはずだ。婚約破棄のせいでその友人まで失ったことを恨んでいてもおかしくはない。

そんなことに今まで気づけなかった自分が情けなくて、エマの目からは次々涙がこぼれ出す。

謝罪をしたいのに、結局言葉は嗚咽にのまれ、何も言えなくなってしまう自分が憎かった。

「エマ、俺を見て」

そのとき、ロイドがエマの頭を撫でながら優しく告げた。

今は目を見るのが辛かったけれど、うつむくエマの顎に触れロイドが強めに上向かせる。

「君が何を申し訳なく思っているかはわかってる。でも、謝る必要はない」

「……けど、私……」

「君のせいで壊れるほど、俺たちの友情はヤワじゃない。それにベルフォードへの渡航を進め、治験への参加手続きをしてくれたのは誰だか覚えているか？」

告げながら、ロイドは懐から手帳を取り出す。それを開き、彼は紐《ひも》でくくられた写真の束を手帳の間から取り出した。

「全てハワードがしてくれたことだ。それにあいつとのやりとりはずっと続いていたんだ」

紐をほどきバラバラになった写真をロイドが見せる。

驚くことに、たくさんの写真は全てエマにも記憶がある物だった。

「これ、私の写真……？」

「そうだ。あいつは毎年、手紙と君の写真を律儀に送ってきてね」

ロイドは思い出を残すためにと、事あるごとに家族写真を撮りたがった。そのたびなぜかエマ一人の写真を撮らせていたが、全てはロイドに送りつけるためだったらしい。

「『お前の元婚約者は綺麗に育ってる。だから安心して治療に励むように』なんて憎たらしい言葉が書かれた物もある。あいつらしいだろ」

写真をひっくり返すと、裏に書かれた悪筆は確かに兄の物だった。

「ハワードがあまりに君の素晴らしさばかり書くから、俺は気が気じゃなかったよ。君に復讐する前に、どこかの誰かと結婚して幸せになられたら困ると思ってね」

だから……と、ロイドはエマに優しく笑う。

「君はハワードのことも恨んだ方が良い。君が俺に捕まった原因は、あいつにもある」

兄が写真を送ったから、ロイドはエマが忘れられなかった。美しく成長したエマを見たことで恨みが募り、復讐を思い立ったのだと彼は告げる。

「だから俺たちの友情に、君は泣くのではなく怒るべきだ」

冗談めかした言葉に慰められ、エマの目からはようやく涙が止まる。

「それに君はハワードにももっと怒っていい。というか、俺も正直腹を立ててる。突然いなくなるなんて、あんまりだろ」

「……確かに、突然すぎたわ」

「それにあいつが逝ってしまったのは、俺が手紙の届きにくい場所にいたときだったんだ。おかげで訃報に気づくまで一年以上かかったし、最後の手紙でもあいつは君の写真を使って俺を煽《あお》ってた」

そんな手紙に返事をだすことさえ出来なかったと、ロイドはため息をこぼす。

気落ちする彼を見ているとなんだか別の意味で申し訳なくなり、エマは兄に代わってごめんなさいと謝罪する。

そんなエマを見て、ロイドがふっと笑みをこぼす。

「君が謝る必要はないが、ハワードへの恨みを君にぶつけるのも悪くないかもな」

「か、家族だし……兄の分も責任はとるわ」

「そんなことを言うと、君にひどいことをするかもしれないぞ？」

ロイドは言うが、むしろもっとひどいことをされても良いくらいなのだ。復讐と言いながら彼はエマを幸せにすることばかりするし、本当はもっとひどい目に遭うべきだとさえ思ってしまう。

「ひどくてもいいわ。それであなたの気持ちが晴れるならどんなことでも受け入れる……」

「その言葉、後悔するんじゃないぞ?」

僅かに鋭さを帯びたまなざしに、エマは生唾を呑み込む。

だが身構えた彼女にロイドがしたのは、あまりにも甘く優しい口づけだった。

「なら今夜は、君にひどいことをしようか」

言葉とは裏腹に声もまた甘く、エマの身体がぞくりと震える。緊張でこわばったエマを抱き上げたロイドは、部屋の隅に置かれたベッドへと向かった。その上にゆっくり下ろされると同時に、甘いキスが再開された。

ベッドの上にゆっくり押し倒されながら施されるキスは、驚くほど心地いい。エマはつい唇を開きロイドがより深く口づけてくるのを期待してしまう。

けれどロイドは、エマの唇を嘗めただけで舌を差し入れてこない。

「今日は、君からキスをしてもらおうかな」

「わ、私から……?」

「舌を出すんだエマ。俺を求めるように、淫らな口づけをしてくれ」

ロイドの要求に応えるのは、身がすくむほど恥ずかしい。でも、どんなことでも受け入れると言ったのは自分だから、エマも引くに引けない。

「下手でも、許してくれる……?」

「構わない。それに、下手ならうまく出来るよう俺が教えてあげよう」

ロイドの指がエマの唇を撫で、口を開けろと催促する。

おずおずと口を開けて舌を突き出すと、無骨な指先が舌を優しく撫でた。

「まずは舌を動かす練習をしよう。ほら、俺の指を上手に嘗めてごらん？」

「……やってみる」

エマは覚悟を決めて小さくうなずいたあと、ロイドの指にそっと舌を這《は》わす。

「もっと大きく舌を出して、いっぱい嘗めて」

「あ……ぅ、……んっ」

「そう、上手だよエマ。今度は、口の中でしてみようか」

エマの口内に、ロイドが二本の指を差し入れる。

「ふ、ん……ッ……」

「苦しいかい？」

問いかけに、エマはどう答えるべきか迷う。息は少し苦しいが、決して不快ではない。むしろもっとロイドの指に吸い付きたいという欲望が、エマの中に芽生え始めている。

「まだ少し緊張している？　なら、気持ちを少しほぐそうか」

そう言って一度指を引き抜くと、ロイドはグラスに注がれたワインをとってくる。

それを一口飲むと、ロイドはすぐさまエマの唇を奪う。僅かに開いた隙間からワインを流し込まれ、喉を反らしながら慌てて嚥下《えんげ》する。

アルコールのせいか、口移しという淫らな行為のせいか、エマの身体はすぐさま熱を持ち頭の芯はぼんやりとふやけていくようだった。

それから更に三回ほどワインを流し込まれ、酔いが回り始めたエマにロイドが微笑む。

「ああ、ずいぶん可愛い顔になったね」

トロンとした面差しを満足げに見たあと、ロイドはおもむろに指をワインに浸した。それをエマの口元に運び、彼は笑みを深める。

彼からの指示は何もなかったが、ワインに濡れた指を見た瞬間、エマは躊躇《ためら》うことなく口を開けていた。

ロイドの手首をそっと摑み、エマは指に吸い付く。赤ワインの芳醇《ほうじゅん》な香りをかぎながらちゅぱちゅぱと指先を嘗めていると、なぜだか腰の奥が甘くうずいた。

頭がぼんやりして、意識が舌先とロイドの指使いに集中していく。舌のときとはまた違う感覚だが、これもまた怖いくらいに心地が良い。

「もっと舌を動かすんだエマ」

「ん、……ぅンッ……」

「ほら、強く指を吸ってごらん」

言われるがまま、エマはロイドの指を音が鳴るほど強く吸い上げる。夢中になるうちに口の端からは唾液がこぼれたが、拭うことすらせずにエマは太い指を嘗めあげ吸い付いた。

赤子のように指にむしゃぶりつくなんてはしたないと思うのに、酔いが羞恥と背徳感を消してしまう。

「可愛いよエマ。舌使いもうまくなった」

その上ロイドに褒められると、エマは喜びまで感じた。もっと褒めてほしくて、二本の指の間に舌を差し入れくちゅくちゅと音がなるほど強く動かす。ワインの味はもうすっかり消えていたが、いつまでもこうしていたいとさえ思ってしまう。

「俺の指が、そんなに美味《おい》しい？」

問いかけに、エマは自然とうなずく。アルコールのせいで、恥ずかしいと思う気持ちは完全に消えていた。

「じゃあ今度は、もっと気持ちいいことをしようか」

ロイドがエマの口から指を引き抜き、代わりに優しいキスをする。

唇に触れるだけのキスは心地よいが、なぜだか物足りなさの方が勝つ。

（……もっと、もっと深いのが……いい……）

表面を重ねるだけのキスでは満足できなくて、エマは僅かに開いた唇の隙間からロイドの中へと舌を滑り込ませる。

肉厚な舌に絡みついてみれば、指のときよりもずっと甘美な気持ちが身体を支配する。

「……ッ、エマ……」

その上ロイドに名前を呼ばれると、もう我慢が出来なかった。

激しさを求めて舌を動かし、エマは顔を傾けながらロイドの口内を舐《ねぶ》る。

舌使いにはまだつたなさがあったが、応えるようにうねるロイドの舌がエマに淫らなキスの仕方を教えてくれる。

唾液に濡れた唇と舌をこすりつけあい、呼吸さえままならなくなるほど深い口づけに二人は溺れた。

気がつけばガウンを脱がされ、寝間着の姿にされてしまっていたが、それに気づかぬほどエマはキスに夢中だった。

そうしているうちに、ロイドの手がエマの寝間着をまくり上げ、すでに濡れ始めていた花弁へと指を伸ばす。

そして先ほどエマの口内を弄《いじ》っていた指で、今度は蜜壺を容赦なく探り始めた。

「ふ……ンッ……！」

蜜を掻き出す指つきに身体が跳ね、エマは我に返る。

だがキスは続いたままだし、花襞と共に赤く熟れた芽をこすられたせいで再び意識が官能に飲まれてしまう。

（そこに……触られたら、私……）

おかしくなってしまうとわかっていても、エマの身体はロイドのキスと愛撫を拒めない。

それどころか自分から彼の手に腰をこすりつけ、その顔には艶やかな色香が増していく。

「う……あッ、ロイド……」

唇が離れた瞬間にこぼれた声は、もっと激しくしてほしいと懇願していた。

「もっと、ひどくしてほしい？」

エマの考えを読んだように、ロイドが笑う。色香を湛《たた》えた顔にはぞくりとするほどの情欲が浮かんでいる。

「して……もっと……、して」

乱れる自分を見て興奮してくれているのだと察した途端、エマはうなずき甘くねだっていた。

「なら、今日は中も広げてあげようか」

先ほどまで口を犯していた指先が、エマの入り口をぐちゅりと押し開く。

圧迫感はあったが、アルコールと花芽への刺激で昂《たか》ぶった身体は容易くロイドの指先をくわえ込んだ。

「いっぱい濡れてるね。もしかして、キスしながら感じていた？」

「……アッ、……だって、きもち……よくて……」

「エマは感じやすいな。それに酒にも弱いみたいだ」

「あっ……奥、かきまぜないで……ッ」

「でもエマは激しい方が好きだろう？」

好きだからこそ辛いのだと言いたかったが、エマの口からは悲鳴にも似た嬌声《きょうせい》しか出てこない。

太い指で肉壁を押し広げられ、蜜を掻き出されると全身を駆け抜ける甘い電流が思考を焼いてしまう。

「あっ、ああ……ッ！」

「そこが感じるのかい？」

その上、ロイドはエマの弱点をすぐさま見つけそこばかり刺激する。指先を軽く折り、たくように感じる場所を攻められると、エマの目からは涙がこぼれ出す。

「中と外、両方から攻めたらどうなるかな？」

「ッ、やぁ……」

「嫌じゃないだろう？　ほら、素直にねだってごらん」

「……んッ、あぁ……私……」

「素直になってエマ。君が望んだことなら、何でもするよ」

耳元でこぼれた甘い囁きに、エマに残った最後の理性が砕け散る。

「……両方……が、いい……」

「中も外も？」

「うん……、あと……キスも……」

震える声でねだると、いつになく満足そうな顔でロイドがうなずいた。

「いいよ、望むだけしてあげよう」

ロイドの甘い声にぞくりと身体が震えるのを感じながら、エマは口を開ける。その途端、ロイドが貪るような口づけを施してくれる。

容赦のない動きで舌を搦め捕られ、唾液をこすりつけるだけでエマはもういきそうだった。

だがもちろん、刺激はそれだけではない。

「ふ……ンンんッ‼」

ロイドは隘路《あいろ》の奥と肉芽を、指で激しく攻めた。そこには欠片の容赦もなく、エマは身悶《みもだ》えながら咽《むせ》び泣《な》く。

「さあいって、エマ……」

ロイドの声と愛撫に導かれ、エマは全身を震わせながら上り詰める。

「く、ッ、ンン――――ッ‼」

ビクンとひときわ大きく身体を痙攣《けいれん》させたあと、エマは快楽に飲まれて果てた。

糸の切れた人形のようにガクガクと揺れながら、全身を駆け抜ける法悦の中へと落ちていく。

初めてのときより愉悦は長く、焼かれてしまった思考はすぐには元に戻らない。

「……ロイド……」

最後の力を振り絞って名を呼ぶと、頽《くずお》れたエマの身体がぬくもりに包まれる。

抱きしめられたのだとわかり嬉しくなるが、それに応える余裕はない。

愉悦が去るのと同時にやってきた抗いがたい睡魔に、エマは指一つ動かせなくなってしまう。

（まだ、最後までしていないのに……）

ひどくするといったくらいだから、きっとロイドは最後までするつもりだったはずだ。なのにここで眠ってしまっては受け入れるという約束を果たせない。

なんとかして意識をつなぎ止めようと頑張ったが、そこで優しく頭を撫でられると限界だった。

「エマ、眠っていいよ」

聞こえてきた声はあまりに優しかった。きっとエマが望んだ幻聴だろうと思ったが、ロイドの真意を探る間もなく意識は闇に落ちてしまっていた。

第四章

窓から差し込む柔らかな日差しを受け、エマは心地よい目覚めを迎えた。

夢さえ見ない深い眠りは日頃の疲れを癒やしたようで、身体もとても軽い。

（やっぱりずっと睡眠が足りてなかったのかも。無理のしすぎはだめね……）

そんなことを考えながら、もう少しだけこの心地よさに浸っていたくて、エマは目の前にある大きくて温かな物にすりよる。

いつになく穏やかな気持ちでもう一度目を閉じかけたとき、何かが彼女の頭を優しく撫でる。くすぐったさに身じろぎ、そこでエマはハッと我に返った。

「まだ寝てて良いのに、もう起きてしまうのか？」

穏やかな声におずおずと顔を上げれば、凛々しい顔がすぐ側にある。

今更のように頬をすり寄せ枕にしていたのはロイドの逞しい腕だと気づき、彼女は声にならない悲鳴を上げた。

「俺が枕では不満だったかかな？」

「ち、ちが……あの……」

しどろもどろになるエマを見て、ロイドがおかしそうに笑う。

「まだ朝も早い。不快でないならもう少し眠るといい」

「でも腕、痺れない？」

体勢も辛いのではと思い起きようとしたが、それよりも早くロイドがエマを抱き寄せてしまう。

「問題ない。それに小さな頃も、こうして俺の腕枕で眠っていただろう」

ロイドの言葉に、エマは恥ずかしさと共に懐かしい記憶を思い出す。

「君は、気がつくとすぐ俺にくっついてきたね。おかげで、ハワードによく焼き餅を焼かれた」

「……私があんまりべったりだから、兄さんにからかわれたっけ……」

「『俺が兄なのに、お前にばっかり懐いてるのが面白くない』って影で何度も愚痴られたよ」

「兄さんがそんなことを？」

「長いことネチネチ言われた」

「そういえば、兄さんって一度へそを曲げるとなかなか元に戻らないのよね」

エマもよくハワードの機嫌を損ね、長いこと嫌みを言われ続けたことがある。

蘇った思い出に思わず笑みをこぼすと、そこでロイドもふっと笑みをこぼす。

「私、何かおかしなこと言ったかしら？」

「いや、嬉しくて笑っただけだ。君とこうしてハワードの話を出来る日が来て」

ロイドの言葉に、エマはハッとする。

（そういえば私たち、再会してから今まで兄さんの話を全然してなかった……）

ハワードはエマとロイドの二人にとって大事な人だ。エマたちをつなぐ架け橋でもあったし、ロイドにとってはかけがえのない親友である。

なのに今まで、ハワードに関する会話を二人はずっとしてこなかった。

（してこなかったんじゃなくて、無意識に話題を避けていたのかもしれない……）

チェスに長いこと触れなかったように、エマは兄の死を心のどこかではまだ受け入れられていなかったのだろう。

ハワードを思って泣いたのは昨晩が初めてだし、あれがなければ懐かしい気持ちで兄を語ることなんてきっと出来なかった。

（なんとなくだけど、私が兄さんの死を引きずっていることにロイドは気づいていた気がする）

気づいていたからこそ、ロイドはあえて兄を話題にしなかったのではないかと言う気がして、改めて彼の優しさに胸が甘くうずく。

「そうだエマ、賭けの報酬は何にするか決めた？」

不意打ちの質問に、エマは思わず首をかしげる。

「昨日、俺にチェスで勝ったのを忘れたのか？」

「あっ……、でも私、チェックメイトって言っていないわ」

「俺にはもう手はなかったし、そんな状況で勝ちを主張するような男じゃないぞ？」

ニヤリと笑って、ロイドが戸惑うエマの額を優しく小突いた。

「勝ったら何でも言うことを聞く約束だ。さあ、好きなように命令してごらん」

「す、好きなようにって言われても……」

「裸のまま窓から飛び降りろって言われても、ちゃんと実行するよ」

冗談だと思いたかったが、うかがい見たロイドの顔は大真面目だった。

（もしかして、本気でどんな願いでも叶えてくれる気なの……？）

たかがゲームの報酬なのに、ロイドはエマの言うことを何でも聞いてくれるつもりのようだ。

（じゃあ私の恋人になってって言ったら、叶えてくれるのかしら……）

頭をよぎった願望に、エマは慌てて頭を振る。

そもそも二人はもう婚約者だ。それにロイドは復讐を理由にエマを捕らえた。だとしたら恋人なんて彼はきっと望まない。

「遠慮しなくていい。君が望むことなら、何でも叶えるよ」

でもそんなことを言われると、どうしても心が揺れてしまう。

それにここ数日——特に昨晩のロイドはとても優しかった。チェスを持ち出し、ハワードへのわだかまりを溶かしてくれた彼はどう見ても復讐者には見えない。

復讐したいというのは嘘ではないのかと、そんなことさえ思いたくなる。

（けど、もしほんの少しでも私に恨みがあるのなら、きっと今度こそ嫌われてしまう）

エマが自分に好意を寄せていると知れば、彼の復讐は別離に変わってしまうかもしれない。

それが怖くて、結局エマは本当の願いを呑み込んでしまった。

「……なら、チェスがしたい」

「チェス？」

「週に一度……、いえ月に一度でも良いの。私とチェスをしてほしい」

エマの言葉は予想外だったのか、ロイドの顔に困惑が浮かぶ。どこかがっかりしているようにも見えて、エマは慌てて「一年に一回でもいい……」と言葉をつないだ。

「それが、君の願い？」

「……いやで、なければだけど」

「嫌なことでも命令できるのに、君は優しいな」

ふっと微笑み、ロイドが不意にエマの唇を奪う。

なぜキスをされたのかと思って戸惑っていると、ロイドがエマをそっと抱き寄せた。

「出来たら毎日、忙しいときは週に二回にしよう。俺もチェスは好きだし、負けっぱなしは嫌だからね」

「本当？　本当にいいの？」

「その代わり、毎回賭けをしよう。賭けの報酬は今回と同じだ」

「つまり、勝ったらまた何でも命令できる？」

「そうだ。君がチェスをねだったことを後悔させるほど、俺が勝って君に色々命令するつもりだ」

妙に色っぽい声で言う物だから、はしたない命令をされるのではとエマは真っ赤になる。

「あれ、今何か卑猥《ひわい》な想像でもした？」

「し、してない！」

「でも顔が真っ赤だ」

「そ、そんな甘い声を出すロイドが悪いの！」

思わずロイドの胸を押しやり、彼から身を守るように枕を抱え込む。

そのときロイドが、これまでにない嬉しそうな顔で目を細めた。

「……名前、ようやく呼んでくれたな」

「えっ？」

「甘く乱れた後でないと、君は頑《かたく》なに俺の名前を呼んでくれなかっただろ？」

言われて、エマはロイドの名前をずっと呼んでこなかったことに気づく。

多分、もうかつてのように仲良くないのだから呼んでいけないと、無意識に思っていたのだろう。

兄のことを考えないようにしていたように、エマは自覚なく色々なことから逃げていたのかもしれない。

「最初に勝ったら、今後は俺の名前を呼んでってお願いしよう」

「そ、そんな命令しなくても名前くらい呼ぶわよ」

「なら今呼んでくれる？」

その言葉は予想外で、エマはうっと息を詰まらせる。

「小難しい名前じゃない、簡単だろう？」

「難しくはないけど……」

「じゃあ呼んでくれ。甘い声だとなお嬉しいな」

「ふ、普通にしか呼ばない！」

そう宣言してから、エマは早口で「ロイド」と十回ほど連呼する。

我ながら子供じみた言い方だと思ったが、照れくさいのだから仕方がない。

「これで満足？」

「ひとまず今はね」

意外にも満更でない顔をして、ロイドはエマの唇をチュッと奪う。

そこにはエマが望んだ恋人のような甘さがあり、胸がうずき戸惑った。

あまりに穏やかな朝のやりとりに、やはり彼の復讐が嘘なのではないかという気がしてくる。

特に自分が無意識に色々なことから逃げていると気づいた今、ロイドは臆病な彼女に合わせあえて悪役を演じてくれている気がした。

だってもし普通に優しくされたら、婚約を破棄した申し訳なさからエマは彼の手を取れなかっただろう。ロイドもまた兄のようにいずれいなくなるのではと怯えるばかりだったに違いない。

けれど復讐という言葉のおかげで、自分はロイドの側にいるべきだと思えたのだ。

（でも、彼が私を好きだって決まったわけじゃない……）

婚約を破棄して悲しませたのは変わらないし、自分に優しくしてくれるのもハワードへの恩返しのつもりかもしれない。

何せエマたちが婚約していたのはずっと前だし、当時彼女は子供だった。ロイドのような立派な男が執着するには幼すぎたし、今だって彼に釣り合う女性だとは思えない。

「エマ」

けれど優しく名を呼ばれると、どうしようもなく期待してしまう自分がいて、エマは真っ赤になった顔を枕で隠す。

「な、何……？」

「もう少しだけ寝よう。今日も忙しいし、昨日は夜更かししてしまったから俺たちには睡眠が必要だ」

夜更かしという単語で甘い夜を思い出し、エマは声にならない悲鳴を上げる。

そんな彼女の戸惑いを察している顔で、ロイドは容赦なく小さな身体を抱きしめた。

「その枕は手放して、俺の腕にしろよ。その方が俺もよく眠れる」

言うなり枕を取られ、ロイドの厚い胸板に顔を押しつける格好になる。枕にした腕で頭まで抱えこまれ、エマが逃げる隙はどこにもない。

「それとも、俺の腕は硬すぎるか？」

「そんなことないけど、とても近いから……」

「近い方が、君の好きな筋肉がよく見えるだろう？　あの男より立派だってところも見せておかないと」

「あの男って……もしかしてイーゴ？」

「あいつの身体こそ、君の理想だろう？」

どこか拗ねたようにも聞こえる言葉がおかしくて、エマは小さく噴き出す。

復讐が本気かどうかはわからなくなったが、少なくともエマが弱い男は嫌いと言ってしまったことは根に持っているらしい。

そこがちょっと子供っぽくて、申し訳なさより愛《いと》おしさを感じてしまう。

「俺がもうもやしじゃないって、ちゃんと感じてくれ」

「ちゃんと感じているわ。あなたの身体は、本当に立派ね」

逞しくて大きくて、でも威圧感より安心感を覚える。

抱きしめられているとほっと出来て、エマはまた眠くなってきてしまう。

睡魔には抗えず、エマはそっと目を閉じた。

「エマは、この身体が好きか？」

「ええ……。だいすきよ……」

眠りに落ちかけたエマは、自分が何を言ったか気づかなかった。

そしてもちろん、こぼれた言葉にロイドがうっとりと目を細めたことにも気づかず、彼女は再び眠りの中へと落ちていった。

◇◇◇　◇◇◇

次に目が覚めたとき、時計の針は起床時刻を一時間ほど過ぎていた。

二人して寝坊したことに笑いながら身支度を調えて食堂に向かうと、厳《いか》つい顔と声が出迎えてくれる。

「あらおはよう！　エマ、なんだか顔色が良くなったんじゃない？」

食堂に入るなり、そんな言葉をかけてきたのはイーゴである。

だがエマからしたら、イーゴの方がよっぽど顔色が良い。良すぎて輝いているように見える程だ。

そしてそれが彼の膝の上で船をこいでいる妹のおかげだと気づいて苦笑する。

「イーゴ、昨日の夜はリズを寝かせてあげなかったでしょ」

「だって久々の再会だもの。たっぷり可愛がってあげたくなっちゃって」

頬を赤く染めるイーゴを見て、エマに続いて食堂に入ってきたロイドが珍しくたじろぐ。

「エマ……まさか君、婚前の男女を二人きりで寝かせているのか？」

「それ、あなたが言えた台詞じゃ無いと思うけど……」

「俺たちは婚約しているが、二人は違うんだろう？」

だとしても、やっぱりロイドが言えた台詞では無い。

その気持ちは同じだったのか、イーゴがぽつりと「大佐には言われたくないわねぇ」と突っ込んでいる。

小声だったがロイドにはバッチリ聞こえていたらしく、彼はイーゴにくっついているリズに不安そうな顔を向ける。

「俺はちゃんと節度は守っている。だがお前は、リジーに無体を働いているんだろ？」

「あのね、アタシとリズはピュアな関係なの！　純粋無垢《むく》！　穢《けが》れ一切なし！」

ロイドは本当かという顔をしているが、多分事実で間違いない。

何せリズは研究一筋で男に全く興味がない。興味がないからこそ異性に物怖《ものお》じせず、女性らしい振る舞いをしないからエマも困っているくらいなのだ。

距離感もおかしく、異性とも近距離で接するため以前はやきもきさせられた。でも最近はイーゴが側について守ってくれているので、逆に安心している。

そんな二人は恋人同士と言うよりは姉妹。もしくは手がかかる猫と飼い主のようにも見える。ちなみに手がかかる方がリズだ。

気まぐれで研究オタクな彼女を、唯一手懐《てなず》けているのがイーゴなのだ。

「昨晩も夜遅くまでお話ししていただけよ。……まあ、最終的に添い寝はしたけど」

「おい」

「アタシたちにはそれが普通だもん」

などと言いながらイーゴがリズに頬ずりする。そこでようやく目が覚めたのか、リズがぐずるようにイーゴの胸に頬を寄せる。

「……ご飯?」

「もう少しで出来るから、寝てて良いわよ」

「うん。……ねえ、イーゴ」

「なぁに? アタシの可愛い子猫ちゃん」

とはいえ二人して甘い声を出しながら見つめ合う姿には、エマも時々ドキッとするが。

「服から、硫黄の匂い……する……」

「ああ。ウルベルン領の辺りにいったのよ、そこで手紙を貰《もら》ってとんぼ返りしてきたの」

「じゃあ、あとで靴の裏……見せて。あそこの土……まだ残ってるかも」

「靴の裏だけじゃなく、あんたにならアタシの全てを見せちゃうわよ!」

「全部は見たくない……」

言うなりこてんと再び寝てしまう妹と、それを抱きしめ身悶えているイーゴ。

(うん、やっぱりこの二人は健全よね)

「……この二人は、健全なようだな」

思いうかんだ考えにロイドの声が重なり、エマは思わず笑った。

二人の間には何事も無かったという結論にいたり、四人は食事を取ることにした。

リズはほとんど寝ていたが、残りの三人は真面目に食事を取りながら、今後についての話し合いを始める。

「とりあえず、今後は君にも色々と事業を手伝ってもらうつもりだが構わないか？」

「もちろんよ。可愛いリズのためだもの」

昨晩とは違い、ロイドとイーゴの空気からは険悪な雰囲気が消えている。

元部下と上官という関係らしいが、それ以上の親密さをエマは感じた。

二人のなれそめを知りたいとエマは思ったが、昨日のやりとりから察するにロイドは昔話を語りたがらないだろう。だから仕方なく我慢し、二人の会話に耳を傾ける。

「じゃあひとまず、アタシは人が増えるまでは経理とリズの補佐をつとめるわ。ただどのみち、アタシが入ったところで人手が足りるとは思えないけど」

「少し早いが事務の人間をもっと増やそう。エマは領主としての仕事もあるだろうし、これ以上の負担はかけられない」

ロイドの提案に、エマは申し訳なさを感じて「大丈夫よ」と言葉を挟む。

「私のことは気にしないで良いのよ。手伝えることは何でもやりたいし……」

「だが今後レッドバレーにはどんどん人が増える。それに伴う町の開発や自治の問題も出てくるだろうし、エマにはそちらに注力してもらいたい」

確かにロイドの言葉には一理あった。

今までは住人も少なく、貧しさ以外の問題がなかったレッドバレーだが、雇用が生まれ人が増えれば良い意味でも悪い意味でも領主としての仕事が増える。

今だって鉱夫たちの住まいの確保や、商業施設の開発など考えなければいけないことが山積みで、エマは毎日手一杯なのだ。鉱山事業に関わっている余裕はすぐになくなるだろう。

（そもそも、領主の仕事だって満足にこなせるかわからないくらいだし……）

兄を真似《まね》、イーゴの手を借り、頑張って仕事をしてきたけれど、自分が立派に仕事をこなせている自信がエマにはない。

特に王都で『女に領主は無理だ』と何度も言われ、コテンパンにされてしまった今は不安の方が多い。

（でも弱音を吐くわけにはいかない……）

ここで立ち止まれば、ようやく見えた希望が潰《つい》える。それだけはだめだと考えて、エマは不安な気持ちを必死に隠した。

そして仕事の割り振りを決め、さっそく今日の仕事を始めようとエマたちが席を立つ。

「……ダイヤモンドの匂いがする！」

だがそんな矢先、ずっと眠そうな顔で船をこいでいたリズがバンッと跳ね起きた。

同時に来客を告げるベルが鳴ると、リズが食堂を飛び出していってしまう。

「ちょっと待ちなさい、あんたまだ寝癖もそのままなのに！」

慌てて追いかけたイーゴを先頭にエマとロイドもあとを追えば、リズは玄関先で土まみれで鉱夫と抱き合っていた。

それにイーゴは悲鳴を上げていたが、エマとロイドはぱっと顔を明るくした。

「姉さん、ついに出たわ！　ダイヤよ‼　それも大粒の！」

エマの言葉に、鉱夫とリズが小さな袋から取れたばかりのダイヤの原石を取り出す。

磨かれる前のダイヤはまだくすんでいるが、それでも想像よりずっと大きい。

正しくカットすれば、レッドバレーを救う希望の星となるだろう。

「リズさんが『ここから出る！』って言う場所を掘ってたら、今朝方ついに発見されたんです。それもものすごくたくさん！」

鉱夫の言葉に、エマは感動のあまり手で顔を覆う。

（……よかった。これでようやく……ようやくレッドバレーが救われる）

リズの知識と言葉を疑っていたわけではないけれど、それでも実物を見るまではやはり不安だった。それゆえ安堵の気持ちがエマの目に涙をにじませる。

「エマ、やったな！」

いつもは落ち着いているロイドも珍しく興奮し、エマを抱き上げる。

それどころかキスまでしてくる彼に、エマの顔には涙だけでなく笑顔も浮かんだ。

「うん、ついにやったわ！」

その勢いでエマからもロイドの唇を奪うと、彼の方からも一度二度とキスをされた。

そのまま更に口づけられそうになったとき、イーゴのわざとらしい咳払《せきばら》いが響き、二人はハッと我に返った。

慌ててロイドの腕から降りたエマは、真っ赤になったまま改めて走ってきた鉱夫に礼を言う。同時に見苦しい物を見せてごめんなさいと告げると、鉱夫は豪快に笑った。

「いえ、むしろ大佐の笑顔が見れて嬉しいです。あまりに笑わないから、軍にいた時は冷血艦長なんて呼ばれていたくらいだし、すっごく貴重な物を見た気分です」

「お前ら、陰では俺をそんな風に呼んでたのか……」

ロイドが顔をしかめたが、叱られる前にと鉱夫はその場から駆け出した。

残されたエマは、意外な気持ちでロイドを見つめる。

「ロイドって、軍では今と別人みたいだったの？」

こぼれた問いかけに、ロイドを取り巻く空気が突然大きく変わった。

朗らかだった表情は冷たく陰り、彼はきつく唇をかむ。

答えにくい質問をした覚えのなかったエマはその反応に戸惑い、小さく傷つく。僅かに背けられた横顔には、質問に答えたくないという明確な意思と拒絶があったのだ。

黙したまま遠くを見つめるその顔は、よく知るロイドとは別人のようにも見えた。自分の知らない顔を見ていると、彼が遠くに行ってしまったかのような寂しさと不安を覚える。

かといって不安を言葉にも出来ず、ただただ戸惑っていると、そこでリズがエマに抱きついてきた。

「私も、姉さんと喜びを分かち合いたい！」

言うなりぎゅーっと縋り付いてくるリズにエマもロイドも笑顔を取り戻す。妹の無邪気さを微笑ましく思いつつ、少し救われた気持ちになる。

彼女が割り込んでくれなければ、二人の間には気まずい空気が流れ続けていたことだろう。だから先ほどの質問はなかったことにして、エマはリズをぎゅっと抱きしめる。

「あなたはレッドバレーの救世主よ。あなたの知識と努力がなかったらダイヤモンドの存在さえ知らずに終わっていたわ」

「私じゃなくて救世主は姉さんよ。姉さんがパトロンを見つけてきてくれたおかげで、採掘が可能になったんだもん」

そこでリズはロイドにも礼を言う。ロイドはいつも通りの表情を浮かべ、「俺は何もしていない」と謙遜の言葉を並べていた。

穏やかな表情にほっとしつつも、エマの胸の中にはまだ不安の棘《とげ》が刺さったままだった。でも気づかぬふりをして、今はダイヤモンドが出た喜びを祝おうと気持ちを切り替える。

「けど良かった。実際にダイヤが出たとわかれば、本格的に人を募れるわね」

レッドバレーの中でも、本当にダイヤが出るのかと疑い事業に懐疑的な声が多かったが、実物を見せれば考えは変わるだろう。

「できるだけ早く鉱夫が集まると助かるな。姉さんとロイドさんが連れてきてくれたみんなは有能だけど、今日までずっと働きづめだから少し休ませてあげたいし」

リズの言葉に、エマも同意する。

今いる鉱夫たちは気の良い男たちで「体力も有り余ってるから、ダイヤが出るまでは寝ずに掘りますよ」と努力してくれたのだ。

彼らを休ませるためにも、少しでも早く追加の鉱夫を雇った方が良いという思いはロイドも同じだったようで、彼はリズにうなずく。

「俺も賛成だ。追加の人員が来たら、彼らには別の仕事を頼みたいしな」

「えっ、みんな鉱山からいなくなっちゃうの？」

ロイドの言葉に残念そうな声を出したのはリズだった。リズはここ数日彼らとずっと一緒にいて、今ではすっかり仲良くなっていた。

急にお別れなのかと不安がる彼女に、ロイドが安心してくれと微笑む。

「彼らには鉱山と関連施設の警備を任せたいんだ。あれほど大きなダイヤモンドが出ると知れたらよからぬ輩《やから》は必ず現れる。それに……」

そこで言葉を切り、ロイドは彼らしくない難しい顔をする。

「ロイド？　何か、懸念があるの？」

エマが尋ねても、ロイドはすぐに返事をしなかった。だがしばらくしてから、ふっと小さな笑みをこぼす。

「鉱夫というのは辛い仕事だし、疲労がたまれば気が荒くなる者も多い。そういう奴らの喧《けん》嘩《か》を止められる人も重要だろう？」

ロイドの言葉に、エマはかつて父から聞いた話を思い出す。鉱山がたくさんあった頃、町には逞しくて喧嘩っ早い男たちがたくさんいたそうだ。皆気の良い人たちで、喧嘩が起きても大事にはならなかったらしいが、それでも監視や制止役は必要だろう。

「鉱夫の方は当てがあるしきっとすぐ増える。だから彼らの何人かだけリズの部下として残し、あとは警備を任せたい」

ロイドの言葉に、リズはほっとした顔をする。

「と言うことでエマ、俺はちょっと隣の領まで出かけてくる」

一方エマは、ロイドの突然の一言に驚いた。

「隣って、あなたのご実家の……？」

「ああ。鉱夫を探すなら、あそこが一番いい」

間違いないという顔でロイドは断言したが、エマは不安の方が多かった。

ロイドの実家であるドレイク家もまた、鉱山経営で財をなしている。レッドバレーとは比較にならない規模の銀鉱石の採掘場をもち、常に大勢の鉱夫を所有していた。

同じ鉱山事業を営んでいるという理由で仲良くしていたときもあったが、ロイドを引き取ったことをきっかけにヒル家とはあまり関係が良くない。そしてそれ以上に、ロイドは家族と折り合いが良くないのだ。

「もしかして、ご実家にお願いして人を借り受けるの？」

「お願いなんてしないよ。俺はこの家に来た時点で親子の縁を切られてるし、帰ってきたことすら伝えてない。頭を下げるのはまっぴらだ」

「じゃあどうやって？」

「実を言うと、実家の鉱山はもう廃坑寸前なんだ。ここ半年ほどは全く銀が取れず、鉱夫たちの不満が相当たまっているようだよ」

初めて聞く事実に、エマだけでなくリズやイーゴも驚く。

「でも前に伺ったときは、そんな雰囲気全然無かったわ」

「うちの実家に行ったのか？」

「以前三人で融資のお願いをしに言ったの。そのときは貧しいようには見えなかったわ」

数ヶ月前に訪れたとき、ロイドの家族は相変わらず貴族らしい裕福な暮らしをしていた。

夫人は流行のドレスを身につけていたし、主人の方はベルフォード製の車を三台も買ったと自慢するばかりで、融資の話は全く取り合ってくれなかった。

当時のことを思い出して、エマたちは三者三様に苦い顔をする。その表情で両親の対応をなんとなく察したのか、ロイドは大きなため息をついた。

「彼らは相変わらず自分勝手で強欲だという噂だ。鉱夫たちの給料もまかなえないのに贅沢《ぜいたく》三昧《ざんまい》で、領民はかなり不満がたまっているらしい」

「ひどい……」

「ここに来て鉱夫たちを突然解雇し始めたそうだし、暴動が起こるのも時間の問題だろう」

「そんなところに乗り込んでいって平気なの？」

「戦場じゃないんだ、多少の荒事が起きていたってどうとでもなる。それにむしろこれはチャンスだ。あのクズたちが鉱夫を手放すというなら、こちらに呼び込んでしまえば良い」

鉱夫だけでなく、彼らが暮らしていた町の住人ごと連れてこようとロイドは告げる。その大胆さに、エマは舌を巻いた。

（でも良い案ではあるかも……）

鉱山の規模が大きくなれば、それに伴い町も発展させなければならない。

だが町を大きくするための人員もレッドバレーには足りていない状況だ。

「修繕が必要だがこちらには古い町も残っている。それを活用して、人々の移住を促そう」

「じゃあ、領地の人たちにも話をつけておくわ」

「反対意見は出そうか？」

「不安がる人はいると思うけど、説得すれば受け入れてくれると思うわ。ダイヤモンドが出たと知れれば、抵抗も少ないと思う」

「ならさっそく出かけてこよう。善は急げだ」

ロイドは、さっそく支度を調え始める。それを手伝いながらエマは不安げに彼を見つめた。

「でも、ロイドは大丈夫？」

「暴動が起きていないか不安？　今のところまだ大丈夫だし、危ないことにはならないよ」

念のためイーゴや元軍人である自分の部下たちも一緒に行くと、ロイドは笑う。

けれどエマの一番の懸念は、彼が荒事に巻き込まれることではない。

故郷に帰ることで彼が嫌な気持ちにならないかとそちらの方が心配だった。

「すぐに帰ってくるし、全部うまくいくから」

エマの不安に気づいたのか、出かけ際にロイドが玄関でエマの腕を優しく摑む。

「うん、ロイドならきっと完璧にやり遂げるって信じてるわ」

「でもまだ不安そうな顔だ」

そう言って頰を撫でられ、エマは自分の不安を打ち明けるべきか迷う。

戸惑いながらロイドの顔を見ると、彼は小さく笑った。

「大丈夫だよエマ。俺はもう、かつてのもやしっこじゃない」

そう言ってキスをしてくるロイドには、余裕と落ち着きが見て取れた。

親に見捨てられ、病に伏していた頃の弱々しさは欠片もない。

（ロイドは、本当に変わったのね……）

眩《まぶ》しいくらいに堂々としている彼を見て、エマは不安を抱いてしまったことを恥じた。

（なら、私だって変わりたい……）

ダイヤモンドが出たことで、エマもエマの立場も暮らしも完全に変わる。今まで以上の責任と重圧だってのし掛かってくるだろう。

それを乗り切れる強さを持ちたいと、ロイドの逞しさを見たエマは思う。

（変わりたいだけじゃだめね、本気で変わらなきゃ）

決意を胸に秘め、それからエマは出かけるロイドの頬にそっと口づけをする。

「私も私で仕事を進めておくわ。だから、いってらっしゃい」

気をつけてと微笑んだ瞬間、なぜだがイーゴが「あーあ」と呆《あき》れた声を出す。

自分は何かやらかしただろうかと思った瞬間、ロイドが突然エマをきつく抱きしめた。

「え？」

「だめだよエマ、出かけにそんな可愛い顔をしたら」

言うなり荒々しく唇を奪われ、エマは呼吸さえままならなくなる。

身体を重ねたときのような激しさに翻弄されつつ、エマは恥ずかしさに身悶えた。

（イ、イーゴとリズがいるのに！）

「ん――っ！　ンッ……！」

抗議の声はうめき声にしかならなかったが、唇が少し腫れるほどキスをしたところで、ロイドはようやくエマを解放してくれる。

「あ、それとこれもつけておこう」

言うなり、今度は首筋を強く吸われて、エマは甘い悲鳴を上げてしまった。

「も、もしかして……痕をつけたの……!?」

「急に君が可愛くなったから、念のためにね」

「わ、わけのわからないことを言わないで！」

「大事なことだよ。俺がいない間に悪い虫でもついたら大変だ」

「隣の領地に行くだけなら、かかっても一日でしょう？　虫なんてつかないわ」

「でも君は可愛すぎるし――」

「あーもうっ、はいはいはいはいはい！　いちゃつくのはそこまでよ！」

そこでイーゴが割り込んでくれたからよかったが、そうでなければまた激しいキスをしそうな雰囲気を、ロイドは醸し出している。

イーゴの言いつけを今にも無視しそうな表情に身構えると、そこでロイドがもう一度顔を近づけてくる。

「も、もうだめだからね」

「わかっているよ。さすがにそれ以上痕をつけると、計画にも支障が出るしね」

「え、計画？」

どういう意味かと首をかしげると、なぜだかロイドはリズへと目を向ける。

「リズ、例の計画を進める。今日の午後はエマにレクチャーをしてくれ」

「あー、例の奴をさっそくやるのね」

「ああ。頼んだよ」

エマは置いてきぼりだが、ロイドとリズの間の会話はつつがなく進んでいく。

怪訝《けげん》に思いつつも、どういう意味かと尋ねるより早くロイドはコートとステッキを手に玄関の扉を開ける。

「じゃあまた夜にね。今夜からしばらくはまた寝かさないことになるから、覚悟してくれ」

ひときわ甘い視線を残して、ロイドはイーゴを引き連れ屋敷を出て行った。

意味深な言葉が今更のようにエマの心臓を乱れさせ、気がつけばへなへなとその場にしゃがみ込んでしまう。

(ね、寝かさないって……何……!?)

ロイドの言葉の意味について考えていると、なぜだか口づけられた首筋が熱くなり、心臓が破裂しそうなほどの速さで動きだす。

(あれってつまり、今夜もまた……そういうことをするってこと？)

緊張度と戸惑いのあまり頭を抱えていると、エマの隣にリズがちょこんとしゃがみ込んだ。

うかがい見た妹の顔には、何やら楽しげな笑みが浮かんでいる。

「ロイドさんと仲良しに戻れて良かったね」

「な、仲良しってわけじゃ……」

「でも二人の接触回数の多さは恋人同士を超えてるわよ？」

「そ、そんなに……くっついてた？」

「くっついてるし、お互いのことばっかり見てる」

お互いと言うことは、ロイドも自分を見てくれているのだろうか。

ならば少なからず好意があるのだろうかと期待してしまう自分に、エマは頭を抱える。

（無駄な期待はしないって決めたのに、あんなキスされると……もう……）

戸惑い混乱しているエマを不憫《ふびん》に思ったのか、普段はあまり空気を読まないあのリズが慰めるように頭を撫でてくれる。

「仲がいいことに越したことはないわ。それに身体に触れあうスキンシップって、心身の疲れを癒やす効果があるから姉さんには必要だと思う」

「なら、リズがくっついてくれても良いのよ？」

「そしたらイーゴが嫉妬するもん」

面倒な女よねとこぼすリズにツッコみたかったが、キスの余韻で頭が回っていないエマには無理だった。

「ともかく、スキンシップは大事だから遠慮しなくて良いわよ。私も昨日久々にイーゴにくっついたせいで、今日は頭もすごくさえてるし仕事も捗《はかど》りそう」

言うなり玄関に置きっぱなしになっている愛用のツルハシを担ぐ。

「さくっと仕事してすぐ帰ってくるから、お姉ちゃん午後は家にいてね」

「そういえばさっき、あなたロイドと何か企《たくら》んでいたわね」

「企んではいるけど怪しいことじゃないし、ロイドさんの計画は仕事に関したちゃんとした物よ？」

「仕事？」

「そう、立派な仕事。……まあ、若干ロイドさんの私情も入ってそうだけど、仕事は仕事！」

不安を覚えつつも、仕事と連呼されてしまえばエマはそれ以上の追及が出来ない。

「だから、ちゃんと家にいるのよ！　あと午後はすっごく頭を使うから、午前中に仕事詰め込みすぎないでね」

「え、何よそれ？」

「ともかくいってきまーす！」

エマの困惑を無視して、ものすごい勢いで家を出て行くリズ。

「こういうところ、リズと兄さんって似ているのよね」

兄弟の中ではエマだけが慎重なタイプで、ハワードとリズはいつも無駄に勢いがよく人の話を聞かない。

小さな頃はエマも二人同様無鉄砲だった気もするが、思うまま自由にしていられたのはロイドがいてくれたからだ。

ロイドが去り、兄の制止役がいなくなってからエマがその代わりを担うことになったせいで、彼女一人だけが二人と性格が違うのだろう。

(二人にはいつも振り回されて大変だったな)

そんなことを懐かしく思い出せる自分に気づいて、エマはなんともいえない感慨深さを覚える。

(こうやって兄さんのことを穏やかに思い出せるのも、ロイドのおかげね)

感謝の気持ちを抱く一方で、以前は制止役だったロイドにも振り回されている現状が少し不安でもある。

(いやでも、何事にも不安を感じるのは私の悪い癖よね。何か企んでいるみたいだけどきっと大丈夫よ……きっと……)

などと思いつつ、とにかく今はやるべきことに集中しようとエマは気持ちをきり変える。

その後、エマは二人の計画について聞いておくべきだったと後悔することになるのだが、このときはまだ、自分の身に降りかかることを何一つ予見できずにいたのであった。

◇◇◇　◇◇◇

クレー国には、レッドバレーと同じく辺境と呼ばれる場所がもう一つある。

レッドバレーの西、隣国との境にあるグリーンヒルと呼ばれる小さな土地だ。

こちらもかつては大きな鉱山があった。今は閉山し、鉱夫たちで賑わっていた街はレッドバレー同様に衰退した。

だが領民が去り人の往来も少ないレッドバレーとは違い、グリーンヒルは今も多くの人で賑わっており、領主の住む古城では華やかな宴が週に一度は開かれている。

その理由は、グリーンヒルを治める領主キンバリー侯爵とその夫人にある。

キンバリー侯爵は、かつて北方の蛮族から国を守った英雄だ。現役を引退したが、彼はかつての鉱山跡地に練兵場を作り、今も騎士たちの育成を行っている。彼に教えを請いたいと望む若い騎士たちは後を絶たず、その多くは将来有望な貴族の嫡男だ。

そんな彼らとの出会いを求めて、グリーンヒルには若い令嬢たちもやってくる。

若者たちの間に入り、仲を取り持つのがキンバリー侯爵と夫人の楽しみで、特に夫人は社交界でも有名な仲人役だ。

夫人のおかげで良縁に恵まれた者も多く、たくさんの人に慕われ人脈も広い。社交界の時期は王都で、それ以外の時期はグリーンヒルで、夫人が催し物を開けば大勢の人が詰めかけるのだ。

しかしエマは、その華やかさとは縁遠かった。

両親が生きていた頃は交流もあったし、エマに縁談をという話も何度か頂いたものの、貧しさ故に社交の場に出る余裕がなかったのだ。

そのまま疎遠になり、その後一度鉱山事業の融資を頼みにいったが残念ながら色よい返事は貰えなかった。当時はまだ事業計画が未熟だったし、説明もうまく出来なかったのだ。

でもその未熟さを、侯爵たちはしっかり指摘し指導してくれた。

彼らだけはエマたちを馬鹿にしたりせず、真摯に向き合ってくれたのである。

だからいつかお礼をしたいとは思っていたエマにその機会が現れたのは、ダイヤモンドが発掘された二日後のことだった。

しかしそれは、あまりにも突然だった。

（一体どうして、私はここにいるのかしら……）

どういうわけかエマはロイドに連れられて、キンバリー侯爵の住む古城の前に立っている。

ロイドの車で城に乗り付けたエマは、場違いすぎる世界にただただ戸惑っていた。

入り口には他にもたくさんの車や馬車が止まっているが、そこから降りてくる貴族たちは皆目がくらむような華やかさだ。

以前キンバリー侯爵の元を訪れたときは昼間だったたし、社交の場にとんと縁が無かったエマは、夢の世界に迷い込んでしまったような気分になる。

「もしかして、緊張してる？」

そんなエマの隣に立ち、彼女の顔を覗き込んでいるロイドもまた夢の住人の一人に思えてしまう。何せ今日のロイドの凛々《りり》しさはひときわ際立っている。

普段から凛々しい彼が正装をすると、あまりのかっこよさに本気で目がくらみそうだ。

「緊張というか、なんだか現実じゃないみたいで……」

「確かに今日の君の美しさは幻想的すぎる。まるで妖精だ」

格好だけでなく、今日のロイドは発言さえいつも以上におかしい。

そんな気持ちを抱きかけて、エマは車の窓ガラスに映る自分の姿に気がついた。

（でも、ロイドが言うように一番現実感がないのは今の私かも……）

何せガラスに映るエマもまた、いつもと装いが違う。

今夜の彼女はロイドがベルフォードから取り寄せた鮮やかな藍色のドレスを纏い、宝石が彩る髪飾りを用いて髪も美しく結い上げていた。

いつもより濃いめに施された化粧のおかげで顔立ちも華やかに見え、まるで他人のように見えてしまう。

ロイドが屋敷に来てから以前より鮮やかなドレスを纏うことは増えていたが、こんなにもめかし込んだのは初めてだった。

そしてこの美しい装いこそ、ロイドとリズが二人で企んでいた『計画』の一つである。

「エマと夜会に出るのは夢だったが、ここまで美しいと男を引きつけすぎないか不安だな」

「大げさよ」

「これでも、君が緊張しすぎないよう賛辞を控えているくらいなんだぞ。計画のために美しく飾ったが、正直やめておけばよかったと後悔してる」

大真面目な顔で言われれば言われるほど、エマはロイドの言葉が冗談にしか聞こえない。

（そりゃあまあ、いつもよりは綺麗だとは自分でも思うけど……）

何せロイドがエマに身につけさせた物は全て一級品だし、それらを完璧に着こなせるよう、数日かけて全身を磨き上げられたのだ。

以前ロイドに「しばらく寝かさない」と言われたが、それもこれもとある計画の成功の鍵を握るエマを磨くためだった。

おかげで見違えるほど華やかになったが、彼の計画がうまくいくかとエマの不安は尽きない。

「そんなことより急に来て大丈夫なの？　今日の夜会、招待状も無いのでしょう」

「こういう場は、美しい女性がいれば招待状なんていらない物だ」

「それ、絶対嘘よね」

「なら試してみよう」

言うなり腕をぐっと引かれ、エマは慌てて歩き出す。

貧しくとも、淑女らしい振る舞いだけは出来るようにと日々心がけているエマだが、こういう場所を歩くのは初めてだし、装いに伴った所作が出来ている自信はない。

何より、エマをリードするロイドがかっこよすぎるせいで周囲の視線がもれなくこちらに注がれている。注目されることに慣れていないエマは緊張で足が震えそうだった。

「そんなに怯えなくていい。みんな、君が美しいから見ているだけだ」

「みんなが見ているのはあなたよ」

「いいや、君だよ。……ほら、来るぞ」

囁く声に首をかしげかけた瞬間、目の前にとてつもなく大柄な男が一人現れる。

「……その、美しい方はどなたか！」

暑苦しい視線と声に戸惑っていると、ロイドが落ち着けというように男の肩をたたく。

「ヴィレル、元上官を無視したあげく、その婚約者に鼻息を荒くするのはどうかと思うぞ」

エマと喋っているときにはあまり見せない、男らしい表情と声でロイドが苦笑する。

すると大柄な男がはっと身構え、敬礼をする。

「申し訳ありません！」

「敬礼はいい」

「しかし大変失礼な態度でした！」

「構わないよ。お前を驚かせるために、彼女を連れてきたんだ」

そんな会話を交わした後、ロイドは改めてエマに男を紹介する。

「彼はヴィレル。俺の元部下で、今は服飾関係の仕事をしている」

紹介と共に挨拶をするヴィレルは、軍人らしい堅く雄々しい佇《たたず》まいである。故に彼の現在の職業に、エマはつい驚いてしまう。

「君が着ているこの服も、ヴィレルが作った物だ」

「はい！　上官殿に頼まれ、仕立てさせていただきました！」

そこでもう一度敬礼する仕草は軍人のそれだが、エマや彼女が纏うドレスをじっと見つめる視線からは、並々ならぬ情熱が感じ取れた。

「ああ、実にいい。このドレスは人によっては肩のラインを美しく出すのが困難だったが、エマさんの胸の大きさとデコルテラインの絶妙さのおかげで、完璧だ‼」

「あ、ありがとうございます……」

「作ってしまったときは少々下品になりすぎたかと思ったが、あなたが着ると可憐だ！　愛らしい！　素晴らしい！　まさしく最高だ！」

逞しい顔をぐっと近づけながら賞賛されると、喜んで良いのか驚いて良いのかわからない。

「よければまた、服を作らせて頂けないでしょうか！　あなたを見ているとこう、湧き上がる海兵魂と創作欲が止まらない！」

「それは構いませんけど、あの……海兵魂って？」

「エマ、そこは深く突っ込まなくていい。ヴィレルは少し、変わってるんだ」

少しだろうかと内心思ったが、それは言わぬが花である。

（それにしてもイーゴといいヴィレルさんといい、ロイドの関係者ってなかなか濃い人が多いかも）

海軍時代はどんな有様だったのかと気になったが、尋ねてもきっとロイドは答えてくれないだろう。時折ベルフォード時代のことを尋ねても、彼はほとんど教えてくれない。

「でもこれでわかっただろう、今日の君はとても美しく可憐なんだ」

ヴィレルからの賛辞は暑苦しすぎてそれほど照れずにすんだが、ロイドから言われるとやっぱり戸惑ってしまう。

「だから皆が見ているのは君だよ」

「改めて言われると、ちょっと緊張してきたかも」

「けど、注目されるのが今日の『計画』だろ？」

笑顔と共に告げられた言葉に、エマはそっと胸元に手を当てる。

エマの首には二日前に発掘されたばかりのダイヤモンドが連なるネックレスがかけられている。三つのダイヤが連なるそれはシンプルなデザインだが、個々がとにかく大きい。

クレー国で流通しているダイヤより一回りは大きく、カットの仕方も独特だ。

そんなダイヤを身につけ売り込むこと。それこそがロイドの計画であり、エマが美しく着飾った理由なのである。

それをヴィレルも察したのか、彼もまたしげしげとエマの首元を覗き込む。

「しかし、これは立派なダイヤですね」

「二日程前に取れたばかりでな」

「そんな短時間でここまで仕上げたんですか⁉」

「ああ。専用の機械と技師を事前に用意していてね」

ロイドの言葉にヴィレルが驚くのも無理は無い。

本来、ダイヤモンドの加工は時間と技術がいる物なのだ。しかし遠い西の国、ダイヤモンドの加工に精通するイルディアという国から呼び寄せた技師と機械のおかげで、たった二日でこのネックレスは完成したのである。

「さすがに急ぎすさて加工に少し甘さもあるが、それでも世に出回るダイヤよりずっと美しいだろう?」

「ああ、それにドレスともとてもよく合っています」

「このドレスでいこうとずいぶん前から決めていたから、それに合うデザインを考えておいたんだ」

エマは同じ説明を昨日の時点で聞いていたが、改めてロイドの準備の良さには感心する。

「ヴィレル、改めてになるがドレスの礼を言う。おかげで俺の婚約者がより美しくなったよ」

「いや、むしろこちらこそ感謝しています。自分のドレスをこんなにも着こなしてくれる女神と出会わせてくれて」

女神と呼びながら、エマの手をがしっと摑むヴィレル。

体格が良すぎてものすごい威圧感だが、日頃からイーゴの筋肉になれているエマは臆することなく微笑む。

「女神は大げさです。私こそ、こんな素敵なドレスを作って頂けて光栄です」

「ならまた是非作らせてください‼」

並々ならぬ熱量で迫られエマは慌ててうなずいたが、そこでロイドがヴィレルを彼女から引き剝がす。

「お前に下心がないのはわかるが、それでも近すぎる」

「申し訳ございません！　つい！」

言いながらヴィレルは敬礼し、エマから五歩ほど下がる。

軍隊じみたキビキビとした動きに思わず笑うと、ロイドの眉がピクリと動く。

「ヴィレルをずいぶん気に入ったみたいだな」

「ええ。だって面白くて素敵な方だもの」

「それは、彼が逞しいからか？」

不思議な質問に、エマは首をかしげる。

「ああいうのが、好みなんだろう？」

どこか面白くなさそうな顔に、思い出したのはイーゴに妬いていたときのことだ。

（そっか、私が逞しい男の人が好きって言ったことを彼は信じているんだった）

比べると、ロイドよりもヴィレルの方が一回りほど体つきが大きい。

エマからしたらロイドの方が素敵に見えるのだが、それをうまく言葉に出来ない。素直な気持ちを言ったら、好意が漏れ出してしまいそうだったからだ。

「まあ俺より好みだと言われても、今更手放すつもりはないけど」

そっとエマの耳元に唇を寄せ、ロイドが小さく笑う。

「君は俺の婚約者だと言うことを忘れてはだめだよ」

「忘れるわけがないわ」

「でも今夜、君は社交界の華になる。たくさんの男が寄ってくるし、その中には君好みの逞しい男もいるかもしれない」

「だとしても、私の婚約者はあなただけ。それは十分承知しているわ」

復讐から始まった関係だけれど、エマにとって彼の婚約者になれたのは夢のようなことなのだ。

今も昔も好きなのはロイドだけなのに、目移りなどするわけがない。

「ならいこうか」

差し出された腕にそっと身を預け、エマはゆっくりと歩き出す。

一歩前に進むたび、向けられる視線の数は増えていく。

そして驚くべきことに、招待状も持っていないにもかかわらず誰もエマたちを止めることはなかった。

むしろロイドの顔を見るなり、複数の使用人がやってきてエマたちを歓迎し侯爵と夫人がいるダンスホールへと案内までしてくれた。

待遇の良さに驚きつつ古城のダンスホールに足を踏み入れれば、「あの二人は誰だ」と噂する声さえ聞こえ始める。

注目が集まると足が震えるが、察したロイドが優しく微笑みかけてくれたおかげでどうにか前を向いて歩くことが出来た。

（それにこれは仕事なんだもの……。怯えてばかりじゃいられない……）

レッドバレーのダイヤの価値をしっかりと伝えるためにと、胸を張ってエマは歩く。

「……あら、あなたもしかしてエマちゃん？」

そんなとき、少し離れた場所からふくよかな女性と凜々しい老紳士が近づいてくる。

キンバリー侯爵夫妻だと気づき、エマは笑顔で腰を折った。

「ご無沙汰しております」

「あらあら、ずいぶん綺麗になって見違えたわ！」

笑顔を浮かべながら夫人はエマをそっと抱き寄せる。

同時に、夫人はエマの纏ったドレスやダイヤに視線を向けた。見れば彼女の瞳が輝いている。それに気づいたエマが理由を尋ねようとした瞬間、夫人がものすごい勢いで顔を上げた。

「そのドレス、もしかしてヴィレルの新作かしら！」

「え、ええそうです。夫人も、ヴィレルさんをご存じなのですか？」

「この国で知らない人がいると思う？　今、最も人気のデザイナーなのよ？」

ついさっきまで知らなかったとは言えず、エマはただただ驚く。戸惑いを察し、今度はロイドが夫人に微笑みかけた。

「ご無沙汰しておりますキンバリー夫人」

「あらっ、ずいぶん久しぶりじゃない！　主人と二人、あなたが来てくれるのを待っていたのよ！」

嬉しそうな顔でロイドを出迎える夫人を見て、エマの驚きは更に増した。

二人の間に流れる親しい空気は、まるで親子のように感じられたのだ。

夫人だけでなく、侯爵もまた嬉しそうにロイドの肩をたたく。

「クレー国に来たら一番に私を訪ねろと、そう言ったではないか」

「申し訳ありません、なかなか忙しくて」

ロイドが苦笑すると、そこでキンバリー侯爵がエマへと視線を向けた。どうやら、ロイドたちの関係を不思議がっているのが、顔に出ていたらしい。

「彼とはベルフォードとの合同軍事演習で出会ったんだ。我が国は昔から海戦に弱い。故に無敵艦隊の艦長には色々と助言を頂いたんだ」

「む、無敵……⁉」

「今のは侯爵が大げさに言っただけさ。戦果を上げられたのも、運が良かっただけだよ」

ロイドは苦笑するが、キンバリー侯爵は彼の言葉に同意しない。

「君は謙遜が過ぎるな。あれほどたくさんの伝説を作っておきながら」

「どれも過去の物です。今はしがない商人ですよ」

侯爵は話を続けようと思っていたようだが、ロイドが笑顔で会話を打ち切る。

二人のやりとりに、エマはただただ唖然とすることしか出来ない。

ロイドが軍人だったことは聞いていたけれど、キンバリー侯爵のような名高い騎士が手放しで褒めるほど有名だとは知らなかったのだ。

どうして言ってくれなかったのかと尋ねたかったが、ロイドたちの会話を遮るわけにもいかない。

それに会話の流れはレッドバレーの事業の話へと移っていて、計画のことを考えれば蒸し返すべきではなかった。

「そういえば鉱山事業を、手伝っているそうだな」

「ええ。今日はその件でご報告を」

感じの良い笑顔を浮かべながら、ロイドがエマに視線を送る。

そこではっと我に返り、エマは胸元のダイヤにそっと触れた。

「前回は、ぶしつけなお願いをしてしまい申し訳ございませんでした。あのあと無事ロイドに出資を頂けまして、ダイヤモンドの採掘に成功したんです」

「えっ、じゃあこれはレッドバレーで取れた物なの⁉」

エマの言葉に、身を乗り出してきたのはキンバリー夫人だ。

「とても大きい物だから、てっきりイルディア産の物かと！」

「正真正銘、レッドバレーで取れた物です。加工と研磨は、ロイドがイルディアで探してきてくれた機械と職人の手による物ですけど」

レッドバレーのダイヤモンドは純度が高く質もよく大ぶりだ。それが生きるカッティングを施したのだと、エマは丁寧に説明をする。

ちなみに夫人に語る言葉は全て、リズや職人たちから教えられたことだ。

特にリズからは、説明に使えないような専門的な知識までたたき込まれた。実際、身体を磨く以上に知識を磨く時間が長く、あまり眠らせてもらえなかったのはほぼほぼリズとダイヤモンドについての勉強をしていたせいだった。

(『精一杯アピールしてきて！』って発破かけられたけど、こんな感じで大丈夫かしら？)

少し不安もあったが、それは顔に出さないよう努めながらエマは夫人にダイヤモンドの魅力と価値を伝える。

エマが言葉を重ねるたび、キンバリー夫人の目は更に輝いていく。元々夫人は流行に敏感で、なおかつ宝飾品に目がないことで有名なのだ。

だからこそ、エマたちはレッドバレーのダイヤを身に纏い夫人の夜会にやってきたのである。

夫人のお眼鏡にかなえばダイヤの買い手になってくれるし、彼女が認めた物はクレー国の社交界で必ず流行ると言われている。

「ねえエマさん、今度レッドバレーにお邪魔しても良いかしら！　是非もっと詳しいお話を聞きたいわ！」

「でしたら、今度ダイヤモンドの加工場やアクセサリー工房を見学しませんか？　イルディアからたくさんの職人さんもいらしてますし、是非意見を頂きたいです」

「こちらこそ、是非お伺いしたいわ！　良い物があれば是非ダイヤも買わせて！」

前のめりな夫人をみて、隣で侯爵が苦笑した。

さすがに何か言われるかとも思ったが、彼は夫人の趣味をとがめるつもりは無いようで、ロイドに「妻を満足させてやってくれ」と言ってくれる。

「あっ、そのときはお友達を連れていっても良いかしら？　今日も来ているから、後で紹介するわね！」

興奮した面持ちの夫人に、エマはもちろんだと答えた。夫人以外の者たちにもダイヤのアピールをしたかったので、願ったり叶ったりである。

「最初に融資が出来なかった分、売り上げにはいっぱい貢献するわ！」

「ありがとうございます」

改めて礼を言うと、そこで侯爵と夫人に別の貴族が挨拶にやってくる。これ以上引き留めるのは迷惑だと思い、エマとロイドはまた後でと微笑み二人から離れた。

「作戦は大成功だな」

給仕が配っていたシャンパンを取りながら、ロイドがエマににっこりと微笑む。

彼からグラスを受け取りつつ、夫人の前で粗相をしなかったことに胸をなで下ろした。

「私、ちゃんと喋れていた？」

「完璧だったよ。正直万が一の餌として『アレ』を連れてきたんだが、必要なかったな」

「アレ？」

「そう、あそこに立っているアレだよ」

言いながらロイドが指さした先には、壁の前に立っているヴィレルだ。

そういえば古城に入ってから姿が見えなくなっていたなと思ったが、どうやらずっとずっとあそこにいたらしい。

直立不動で腕を組む姿は圧がすごすぎて、遠巻きにされているのがちょっと不憫だ。

「そういえば、ヴィレルさんって有名な方なのね」

「ああ。奴のドレスは人気があるからね」

「でも、その割には誰も話しかけに行かないわね」

「あいつの活動の拠点は今までベルフォードだったし、こういう場所には来ないから顔が知られていないんだよ。だが万が一夫人の感触が悪かったとき、奴の後押しがあればと思って呼んだんだが……」

軍人らしく立っているヴィレルに目を向け、ロイドはふっと苦笑する。

「その必要は無かったし、むしろ前に出ずにすんで正解だったかもしれないな。作るドレスは繊細なのに、振る舞いは軍隊時代のままだから女性受けが悪そうだ」

「とってもいい人だけど、確かにあの勢いに女性は驚いてしまうかもしれないわね」

「そういえば、軍にいた頃はよく女性を怖がらせてばかりいたな」

思い出し笑いをするロイドに、エマは先ほど彼が侯爵と交わしていた会話を思い出す。

「そういえば、ロイドってずいぶん有名だったのね」

問いかけると、エマを見つめていた凛々しい瞳がすっとそらされる。

「昔の話だよ」

「昔って言っても数年前でしょう?」

「今はしがない商人だし、過去のことだ。それにかつての栄光にすがり、自慢げに語るのはかっこ悪いだろう?」

シャンパンを一口あおってから、ロイドは取り戻した笑顔をエマへと向ける。

「かっこ悪くても、私はロイドのことを色々知りたいけど……」

「どれも他愛《たあい》ないことさ。それよりも、君には今の俺を知ってほしい」

お互いのグラスを打ち合わせ、ウインクをしてくるロイドはあまりに素敵で、エマはうっと言葉を詰まらせる。

エマに注がれた視線は妙に色っぽいし、気がつけば二人の距離はぐっと近づいている。

その上今日のロイドはいつもよりずっとかっこいい。ダンスホールを彩るシャンデリアの下、立っているだけで絵になるロイドに迫られると、乱れる鼓動を整えることさえ出来なくなる。

「わ、私……何か食べる物でも取ってこようかしら」

「なら一緒に行こうか」

「いや、それは……私が……」

「俺と一緒は嫌なのか?」

わざとらしく切なげな表情を作られ、エマは返事に困る。

「冗談だよ。君が息を整える時間をちゃんとあげるから心配しないでくれ」

食べ物は自分が取ってくると言って、ロイドはヴィレルの方へと視線を向ける。

「でも一人にするのは心配だから、彼の側にいてくれ。ヴィレルが側に立っていれば、下手な奴に声をかけられたりはしないだろう」

「わかったわ」

「でもあまり近づきすぎるなよ。君の隣は俺の物だからな」

鼓動を整えたかったのに、ロイドはそこでまたエマを動揺させる甘い声を出す。

（絶対、私が戸惑うのを見て楽しんでる……）

そうとわかっていてもロイドが望む反応を示してしまう自分に情けなさを覚えつつ、エマはロイドと別れヴィレルの方へと歩き出す。

（とにかく、ロイドが帰ってくる前に呼吸と鼓動を落ち着けないと）

今の状態でこれ以上からかわれたら身が持たないと考えながら、エマは壁際へと移動する。

「ねえ、君！」

だがあと少しでヴィレルの元へ着くというところで、若い男がエマの前に立ち塞がった。

驚いて顔を上げ、エマは「あっ」と思わず息を呑む。

「あまり見ない顔だけど、こういう場所は初めて？」

軽薄そうな態度と言葉をエマに向けてくるのは、身なりのいい若い貴族だった。そこそこに容姿は整っているが、ロイドと比べるとずいぶん地味に感じる顔立ちだ。

だがその地味な顔立ちに、エマは覚えがあった。

(この人、王都で私の計画書を踏みにじった人だ……)

エマの容姿を馬鹿にし、女が事業だなんてと鼻で笑った顔が前に立つ男と重なる。

でも男の方は、王都でのことを覚えていないらしい。

「よかったら少し話さない？　ここに来たってことは、君も夫人に仲人を頼みに来たんだろう?」

暗に自分と仲を深めないかと告げてくる男に、エマは唖然とする。

(この人、私を馬鹿にしたことを覚えていないの?)

向けられる流し目や自信満々な態度から察するに、彼は自分を本気で口説いている。

その滑稽さに、エマは驚きを通り越し呆れてしまう。

「あっ、もしかしてさっきの男を狙ってる?　アレはやめた方が良いよ、きっと顔だけの――」

「話をする気は無いから、どいてくださるかしら」

ロイドを侮辱する気なのだと気づき、エマは自然と男に言い返していた。

同時に軽くにらめば、そこで男がはっとした顔をする。

「その声、あんたまさかレッドバレーの……」

男は、エマの正体にようやく気づいたらしい。その途端、彼はあからさまに態度を一変させる。

笑顔に侮蔑をにじませ、嘲るようにエマを鼻で笑う。

「最初っからそういう格好してれば、あのときだってもうちょっと相手してやったのに」

一度は馬鹿にした女に声をかけてしまったことが腹立たしいのか、男は不機嫌な声と言葉を無遠慮にたたきつける。

その口調に王都での出来事がよぎり、エマの身体が僅かに震える。

あのときの悔しさとつらい思いが蘇り、自然とうつむきかける。

（……でもだめ。ここで引いたら前と同じだわ……）

王都では何も言えず、ただただ涙をこらえることしか出来なかった。

けれど、あのときと今の自分は違う。

エマは目の前の男が絶対に無理だと笑った事業を興し、ダイヤモンドも見つけたのだ。そしてその証《あかし》は自分の胸で輝いている。ならば言葉を呑み込み我慢する必要なんてない。

（ここで情けない顔なんてしちゃだめ。ここで引いたら、この人はきっとみんなで摑んだ成功を絶対に馬鹿にする）

だから逃げるなと自分に言い聞かせ、エマはあえて笑顔を浮かべた。

「あのときは断ってくださってありがとうございます。おかげさまでとても素敵なパトロンも見つかり、無事ダイヤモンドの採掘を始めることが出来ました」

「……おい、まさか本当に出たのか⁉」

男は、そこでようやくエマが首に提げているネックレスに気づいたらしい。

目を見開き、エマの顔とダイヤモンドを交互に見つめる。

「ど、どうせ偽物だろう？」

「あなたがどう思おうと構いませんが、これを嘘だと言いふらしたりはしないでくださいね。このネックレスを絶賛してくださった、キンバリー夫人を侮辱することになりますから」

「じ、じゃあ本当に……」

答える代わりににっこり笑えば、男は唖然として立ち尽くす。

多分彼は自分が大きなチャンスを逃したことにようやく気づいたのだろう。

「ではごきげんよう」

胸を張り、エマは立ちつくす男の側をすり抜け歩き出す。

そのままヴィレルの元へ行くと、いつの間にか彼の側にロイドが立っていた。

「俺が助ける隙さえなかったな」

「もしかして、見ていたの？」

「助けるつもりだったが、つい見惚れて何も出来なかったよ」

あえて甘い言葉に言い換えてくるロイドに、エマは真っ赤になってうなだれる。

「君があんなにも凜々しい顔をするとは思わなかった」

「あいつにだけは、馬鹿にされたくなかったの」

「かっこよかった。そしてこんなにもかっこいい女性が、俺の前でだけ真っ赤になるのはたまらないな」

「か、からかわないで……」

甘い言葉はもう十分だと不満をぶつけたのに、ロイドが笑顔を崩す気配はない。

それどころか、彼はあえて距離を詰めてくる。

「でもこれで、賭けは俺の勝ちだな」

「賭け？」

「前に言っただろう、国中の男たちから言い寄られるって」

「あっ……」

「賭けに勝ったら、何でも言うことを聞く約束だったよな？」

約束を思い出し、一体何をさせられるのかとエマは身構える。

「そんな身構えなくて良いよ。ちょっと恥ずかしくなるくらいだから」

「は、恥ずかしいことなの？」

「ああ。でもちょっとだけだ」

言うなり、ロイドは手にしていた料理の皿をヴィレルに押しつけエマの手を取る。

そして彼は持ち上げた指先に、そっと口づけを落とした。

「この後、俺と一曲踊ってくれるかな？」

「お、踊る……？」

「ほら見て、そろそろワルツの時間だ」

ロイドに促されるままホールの隅に目を向ければ、夫人が楽団に何やら指示を出しているのが見える。

「お、踊るだけ……？」

「ああ。でも、もっと恥ずかしいことがしたければそれでも――」

「お、踊るわ！」

いくらでも踊るというと、ロイドが小さく噴き出す。

「君は本当に可愛いな」

言いながら、ロイドはエマの手を取りホールの中央へと歩き出す。

ダンスのために集まる人の輪に加わると、ロイドがこなれた仕草でエマの腰を抱き寄せた。

「ロイドは、踊りも得意そうね」

「でも今日は失敗しそうだ」

「どうして？」

「ずっと踊りたいと思っていた子が相手だからだよ」

甘い囁きだったが、その中にはほんの少しだが切なさが混じっている気がした。

驚いて顔を上げると、美しい緑色の瞳がこちらをじっと見つめていた。

見つめ合っていると音楽が始まり、二人は手を取り合って踊り出す。

失敗しそうだという言葉とは裏腹に、ロイドは完璧な動きでエマをリードした。

彼の腕に身を任せて踊っていると、感動と喜びに胸がうずく。

（そういえば、ロイドと踊ったのはこれが初めてだわ）

身体の弱いロイドは夜会などに顔を出すことは無かったし、もし出来たとしてもあの頃のエマは長身の彼と踊るのは難しかっただろう。

（でもいつか、本物の王子様とお姫様みたいに踊りたいって思っていたっけ……）

あのときの夢を、エマは叶えたのだ。

それが嬉しい一方、小さな棘のような物が不意に胸を刺す。

（けれどさっきの言い方……。ロイドは今まで、私以外の人とたくさん踊ったのかしら）

ステップもこなれているし、どう見ても初めてでは無い。

さりげない気遣いからもダンスの経験を感じ、エマはほんの少し気後れを感じてしまう。

「うつむいているけど、恥ずかしい？」

囁かれた質問に、エマは慌てて顔を上げる。

しかし今の気持ちをうまく言葉に出来ず、エマは小さくうなずくことでごまかした。

「こういう場所で踊るのは初めてだもの」

「ちゃんと踊れているから恥ずかしがることはない。むしろみんなが君を見ている」

「私じゃなくて、私のドレスとダイヤよ」

「それを輝かせているのは君自身だ」

断言しながら、ロイドが唇を耳に寄せる。

「これから君はもっと輝くし、それがレッドバレーに富をもたらすだろう。そして今より大勢の人が君を好きになるだろう」

甘い賛辞ではあったが、その声にはどこか寂しげな色が合った。

気になって顔をうかがうと、エマを見つめるロイドの表情は僅かに曇ってみる。

その顔が、病に伏していた頃によく見た切なげな物と重なり、エマは彼の手をぎゅっと握る。

「だとしても、私はあなたの物でしょう？」

エマの言葉に、ロイドが一瞬驚いた顔をする。

「永遠に俺からは自由になれないって、自分で言ったのを忘れた？」

「いや、覚えているよ。……そうだね、君は俺の物だ」

そこで笑顔を取り戻し、ロイドがエマにそっと頬を寄せる。

「だからダンスも、俺以外の誰かと踊らないでほしいな」

「踊らないわ」

「約束できる?」

「ええ。一生、あなたとしか踊らないわ」

断言しながらも、エマの胸のうちには、僅かな不安が芽生える。

(でもロイドは、私以外の誰かと踊ることがあるのかしら……)

今まであったのなら、今後もあるかもしれない。そんな気持ちが胸をよぎり、エマはそっと唇を噛む。

抱いた感情は多分嫉妬だと、恋に疎いエマでもわかる。

けれど嫉妬を言葉にして、ロイドに引かれるのは怖い。

だからエマはロイドの手をぎゅっと握るにとどめる。

「あなただけよ。一生あなただけ……」

だからどうか彼も自分だけでありますようにと願いながら、エマはロイドのリードに身を任せたのだった。

第五章

最初のダイヤモンドが発掘されてから瞬く間に月日は流れ、季節は夏を過ぎ晩秋を迎えようとしていた。

レッドバレーでのダイヤモンド発見は、エマたちの予想より遙《はる》かに速く国中に知れ渡り、おかげで街には銀の鉱山が稼働していたとき以上の活気が戻りつつある。

ロイドのもくろみ通り隣の領地から移住者がやってきたのを皮切りに、各地から雇ってほしいという者が現れ事業の拡大も順調に進んでいた。

採掘場や粉砕場、ダイヤモンドの加工場などが次々建設されていくのはもちろん、町や街道の整備も始まり、来月にはダイヤモンドの買い付けに来る商人たち用の宿泊施設なども完成する予定である。

（本当に、色々なことが変わったわね）

驚きと喜び、そして僅かな戸惑いを感じながら、エマは自室の窓から外を眺めていた。

エマの視線の先に伸びるのは、彼女との面談を求める商人や貴族たちがつくる列だ。屋敷の前にはたくさんの馬車が止まり、使用人たちは困り顔で対応に追われている。

それをこっそりのぞき見ながら、エマは憂鬱そうにため息をこぼした。

街が賑やかになったのは嬉しいが、屋敷を取り囲む人々にエマは毎日胃を痛めていた。

訪ねてくる者たちのほとんどは、事前の約束さえ取り付けていない。彼らの多くはダイヤモンドの話を聞きつけ、今更のように融資をしたいと言い出してきた貴族たちだ。

都では話さえ聞こうとしなかったのに、ダイヤが出るとわかると手のひらを返しエマに取り入ろうとすり寄ってくる。

もちろん彼らに援助など求める気はない。事業の拡大と主に必要な資金の額は増えているが、その全てをロイドはポンと用意してくれる。

これくらい痛くも痒《かゆ》くもないと言ってお金を出す彼には驚くが、おかげで他の貴族たちに金の無心をせずにすむのはありがたかった。

「ご主人様、キンバリー侯爵夫人がお見えです」

ぼんやり外を眺めていると、使用人がエマを呼びに来る。侯爵夫人は、夜会以来レッドバレーにちょくちょくやってくる。事前に約束を取り付けてくれる数少ない訪問者で、彼女と会うときだけはエマも笑顔になれた。

今日は以前彼女に制作を頼まれた首飾りの試作品を見にくる予定で、エマは約束の品を持ち応接間へ向かう。

「まあっ、今日のドレスも素敵ねぇ！」

挨拶もそこそこに、夫人がエマを見て感嘆の声を上げる。

今日エマが纏っているのも、ヴィレルが制作したドレスだ。エマのためだけに作られた一点物で、彼女の瞳と同じ艶やかな青色が美しい。

夜会で会って以来ヴィレルはエマをいたく気に入り、ロイドと結託してドレスの仕立てから化粧品や宝飾品などの用意はもちろんスタイリストまでしてくれるようになった。

おかげで、エマの容姿は見違えるように華やかになったが、その分少し緊張もする。

（ロイドたちの気遣いを無駄にしないように、ドレスに見合う振る舞いをしないと）

心の奥では自分に似合っているのかと不安な気持ちもあるけれど、顔に出せばせっかくの華やかさが曇り自信のない印象を与えてしまう。

それでは領主として、鉱山のオーナーとして侮られ大事な商談のときに足下を見られかねない。そんな下手だけは打たないようにと、エマは上品かつ気品ある淑女らしい表情で夫人に微笑みかけた。

「実はここだけの話なんですが、レッドバレーのダイヤモンドを用いたアクセサリーのデザインをヴィレルさんが行ってくれることになったんです」

「まあ、それってつまりヴィレルの完全新作ってこと⁉」

「ええ。よろしければデザイン画を見ませんか？　ヴィレルさんもキンバリー夫人のような目利きに意見を伺いたいと言っていて」

「是非見たいわ！　それに今すぐにでも買いたいくらい！」

興奮気味の夫人を落ち着かせながら、エマはデザインを取り出しヴィレルから聞いた完成予想図を説明する。

キンバリー夫人は目を輝かせたままそれを聞き、今作っているネックレスだけでなくそれも購入すると約束してくれた。

「そうだ、もし可能でしたら二つ頂けないかしら？　お姉様の誕生日プレゼントに、是非贈りたいの！」

もちろんだとうなずきかけて、エマはハッとする。

キンバリー夫人の姉はたった一人。それも現皇后なのだ。

そんな人がネックレスを身につければ、レッドバレーのダイヤの評価は更に高まるに違いない。

跳び上がって喜びたい気持ちを抑え、はしたない振る舞いはしないよう心を落ち着かせながら、エマはしとやかに快諾する。

「デザインの変更も可能ですので、今度はヴィレルさんにも同席してもらいますね。しばらくは工房に滞在する予定なので」

「ならまた来月寄らせてもらうわ！」

キンバリー夫人の嬉しそうな顔にほっとし、エマはひとまず粗相をせずにすんだことに安堵した。

それから仕事に関係ない他愛ない話をしているうちに時間は過ぎ、気がつけば夫人が帰る時間が迫っていた。エマもこの後別の用事が入っているため、二人で玄関へと向かう。

（……あら？）

だが応接間から玄関へと移動していると、もめるような声がどこからか聞こえ始めた。一つは使用人の物だが、もう一つには聞き覚えがない。

「おいっ、あの女領主を出せって言ってるんだよ！」

「でも、お約束がない方とはお会いになれません」

「いいから会わせろ！　前に融資をしろとうるさく言ってきたから、わざわざこの俺が出向いてやったんだ！」

何やら物騒な雰囲気に、エマは夫人を巻き込まないよう先に玄関へと向かう。

エマが出てきた途端、声を荒げていた男が彼女を見て黙り込む。

どこかねっとりとした視線に不安が募ったが、動揺を顔に出さないよう努めつつエマは男に近づいた。

まずは素性を尋ねようと口を開きかけるが、それよりも先に下卑た笑みがその場に響く。

「へぇ、ずいぶんいい女になったじゃないか」

男は言うが、エマには相手の顔に覚えがなかった。

まだ若く、身なりが良いところを見ると以前出資を頼んだ誰かだろう。しかし記憶を探るが、覚えはなかった。

(でもこの人どこかで……)

そう思うが、王都でエマを罵倒した中には無かった顔だ。ならどこで会ったのだろうかと考えていると、男がニヤリと笑った。

卑しい笑みに不快さを感じていると、男は無遠慮な手つきでエマの手首を突然摑んだ。

「あのちっこい女が、まさかこんなにも綺麗になるなんてな……。こんなことなら、俺が婚約者になっておけばよかった」

「な、なんですか急に！　無礼ではありませんか……！」

さすがに黙っていられず声を荒げたが、男が手を離す様子はない。慌てて使用人が間に入ろうとしたが、男はそれを容赦なく突き飛ばした。

「俺はこの女に話があるんだよ。邪魔者は引っ込んでろ！」

怒鳴る男の声は感情的で、ろれつが回っていない。息からは強い酒の匂いを感じ、エマは軽率に近づいたことを後悔した。

しかし摑まれた腕の力は強く、エマ一人では逃れることも出来ない。ぶしつけな視線と酒臭い息を向けられ、エマの身体が恐怖に震える。

「彼女から手を離せ！」

だがそのとき、逞しい腕が男の細腕をひねり上げた。

「その男を今すぐつまみ出せ」

男を突き飛ばし、エマを守るように彼女を抱いたのはロイドだった。

鉱山の視察と商談で今日は一日屋敷を空けると言っていたが、この様子だと一度戻っていたのだろう。急いで駆けつけてくれたのか、彼の髪は僅かに乱れている。

「ここはアタシに任せて。大佐はエマをお願いね」

ロイドと共に帰ってきたイーゴは、そう言って使用人たちと共に男を屋敷の外へと追い出す。

なおも続く怒鳴り声にエマが震えれば、ロイドがすぐさま優しく抱きしめてくれた。

「怪我はないか？」

「だ、大丈夫……」

「すまない。ああいう輩は屋敷の敷地に入れないように徹底すべきだった」

ロイドが謝ることではないのに、彼はエマを抱きしめながら悔いる。

「本当に大丈夫よ。それにあの人、私の知り合いみたいだったし……」

「それは君に近づくための嘘だよ。金があるところにああいうクズは湧く物だ」

温厚な彼らしからぬ冷たい声に、エマは少し驚く。

だが視線を合わせれば、ロイドはすぐさま穏やかな笑顔を作り、額にそっと口づけを落としてくる。

「とにかく無事で良かった」

安堵と共に、ロイドが今度は先ほどより深く顔を傾ける。唇にキスが振ってくる予感に、エマは思わず目を閉じかけた。

「ふふっ、あなたたちは本当に仲が良いのねぇ」

そんなとき、キンバリー夫人の楽しそうな声が響き、エマは慌てて我に返る。

見送りの途中だったことを忘れていた自分が恥ずかしくなり、慌ててロイドを遠ざけようとするが彼は逆にエマの腰を強く抱き寄せる。

「わかっているなら、キスくらいさせて頂けませんか？」

「あらやだ。あなたたちがあんまり甘いから私ったらつい！」

うふふと笑う夫人は楽しげだったが、彼女の前でキスなど出来るわけもない。

「き、キスはしないから」

「どうして？　こういうときは普通する物だろう？」

「でも人前よ⁉」

「君の窮地を助けたんだ。普通はお礼にキスするところだろう」

「も、もちろん助けてくれたのはすっごく感謝してるけど」

「じゃあ君からキスしてくれる？」

「む、無茶《むちゃ》言わないで！」

自分からするのだって難しいのに、人前でなんて絶対無理だとエマは真っ赤になる。そんな彼女をうっとりとした顔で見つめるロイドの視線は甘くて、直視するのも難しい。

「あらあら、海では負けなしと言われたあなたも婚約者には勝てないのね」

キンバリー夫人の言葉に、ロイドが僅かにたじろいだ。

相変わらず彼は過去の話をしたがらないが、エマはやっぱり興味を惹《ひ》かれてしまう。

夫人とロイドはベルフォードにいた頃からの友人らしく、時折彼の昔話を話題に出す。だがそのたび、ロイドはあからさまに嫌な顔をする。

「夫人、その話は……」

「別に隠すことないでしょう。軍人としても社長としても有能だってアピールしておけば、エマさんがもっと積極的になってくれるかもしれないわよ？」

「迫るのは俺の役目なので、このままで良いんですよ」

話を無理矢理《むりやり》終わらせ、ロイドはダイヤモンドの話題で夫人の気をそらす。夫人はそれに飛びつき帰宅するまで楽しげだったが、エマの方はモヤモヤとした気持ちを抱えていた。

（ロイドは、どうしてベルフォードでのことを話さないのかしら）

彼は何も教えてくれないが、それでも周囲の人々から多少なりとも彼の過去は漏れ聞こえてくる。

それらを総合すると、ロイドの過去は決して隠すような物ではない。

彼は身体の治療が終わった後、海軍に入り戦争中は数々の武勲を立てたらしい。

大佐にまで上り詰め、重要な作戦で何度も勝利を収めたのだそうだ。

退役後に作った会社も彼は「小さい」と言っていたが、ダイヤモンドの流通に関わる話を聞く限り嘘としか思えない。取引がある国は五つ以上あるし、ダイヤの加工のためにロイドが呼び寄せた職人たちは、イルディア有数の腕利きばかり。そんな彼らがレッドバレーに工房を構えると決めてくれたのは、ロイドの会社が普段から高い金額で宝飾品を買い取ってくれていたからだと話していた。

取引額を聞く限り小さな商会が出せる額ではないし、卸先は世界各地の有名貴族である。

しかしそれらの話を、ロイドは自分の口からは教えてくれない。

それどころか他の誰かからエマが彼の過去を聞いていると、間に入ってまで話題を終わらせることも多かった。その上最近は、自分のことを語るなと箝口令《かんこうれい》まで敷いているらしい。

(私には自分のことを、知られたくないのかしら……)

壁を作られているような気がして、エマはどうしても寂しくなってしまう。その上漏れ聞こえてくるロイドの情報を知れば知るほど、自分との隔たりを感じてしまうのだ。

ダイヤモンドのおかげで領地には活気が戻り、莫大《ばくだい》な富がもたらされつつある。

キンバリー夫人のような貴族の知人も出来、エマ自身も一目置かれるようにはなったが、今もまだ彼女の中身は貧しい頃のままだ。

毎日に必死で余裕がなく、臆病で、ロイドに気後ればかり感じている。

そんな自分がロイドの婚約者でいいのかという迷いが、エマの中では日に日に高まりつつあった。

復讐のためならばと受け入れたけれど、近頃のロイドはまるで本物の恋人のようにエマを扱う。そんな彼を見ていると、やはり復讐というのは嘘でエマのために尽くしてくれているように思えるのだ。

そうだったら嬉しいと思う反面、「復讐」という建前が外れてしまうと今度は自分と彼との隔たりが気になってしまう。

（私、ロイドのことになるとうじうじ悩んでばかりね）

子供の頃のように素直に甘え、彼に何でも尋ねられたらと思うが、やはり勇気はでない。

その上、彼とゆっくり話す時間も今はあまりないのだ。

キンバリー夫人が上機嫌で帰ってすぐだが、別の客が訪ねてくる時間が迫っていた。

「次の客は、ジェンキンス商会の会長かい？」

ロイドの問いかけに、エマはうなずく。

「あなたもまだお仕事よね？」

「ああ、書類を忘れて取りに帰ってきたところなんだ」

なら残りの仕事も頑張ってと声をかけようとしたところで、ロイドがぎゅっとエマの手を摑んだ。

「会長は気のいい方だから問題ないとは思うが、先ほどの男のように礼儀を知らない客が来たらすぐに助けを呼ぶんだぞ」

「ええ、そうするわ」

「あと、色目を使われたら冷たく流すんだ。いいね？」

念を押し、ロイドがエマの頰をそっと撫でる。途端に頰を赤く染めるエマを見て、ロイドが顔をしかめた。

「君はすぐそうやって可愛い顔をするし、心配だな」

「か、可愛い顔なんてしてない。ただちょっと、照れているだけよ」

「その照れた顔が最高に可愛いことを自覚してほしい。愚か者たちから見くびられないようにと君を磨いてきたが、こんなに美しくなるなら少し手加減すべきだったな」

返答に困るほどの賛辞を重ねるロイドに、エマは真っ赤になってうつむくばかりだ。

「だめだと言っているそばからそういう顔をされると、お仕置きしたくなるな」

「お、お仕置き⁉」

「そう。どんなのがいい？」

「どんなのも嫌よ……！」

慌てて顔を上げると、楽しげなロイドの顔と向き合うことになる。

エマをからかう彼はどこか少年っぽくて、ついつい見惚れてしまう。

そしてそんな彼を見ていると、懐かしくて優しい思い出がよぎる。

子供の頃のロイドはよく、こんな顔で兄のハワードをからかっていた。

彼は口がうまいし頭の回転が速い。一方ハワードは直情型で物事を深く考えるタイプではなかった。故に遊びでも勉強でも笑ってしまうような間違いを起こすことが多く、そのたびロイドは兄をたしなめ、ウィットに富んだ言葉でからかったり慰めたりしていたのだ。

そのときの屈託のないやりとりを、近頃エマはよく思い出す。

多分エマは、ハワードの死を少しずつ受け入れ始めているのだろう。だからロイドや兄との思い出も少し蘇るようになり、懐かしい過去との接点に愛おしさがこみ上げることが増えていた。

「ほら、また可愛い顔をしている。今は何を考えてた？」

「な、何でもないわ！　ともかくロイドは色々と心配しすぎよ。私は大丈夫だから、しっかりお仕事してきて」

これ以上相手をしていたら心臓が持たないと思い、エマは玄関の外までロイドを追い立てる。抵抗はしないが、彼の顔は少し不満げだ。

「じゃあお仕置きをしない代わりに、お見送りをしてくれる？」

「今してるわ」

「背中を押されるより、もっと仕事にやる気が出る見送り方があるだろう？」

そう言って振り返り、ロイドがふっと笑みを作る。

美しい弧を描く唇に自然と目がいくと、彼の笑みが深まった。

「その顔は俺の望みがわかってるみたいだな」

「わ、わからないわ……」

「君は嘘が下手だ」

いうなり、ロイドが僅かに身体をかがめようとする。

だがそこで、不意にロイドがエマから顔をそらした。

これもまた意地悪かと身構えた直後、ロイドが小さく咳き込む。

聞き覚えのある空咳《からぜき》に、エマは思わず彼の背中に手を当てる。

「ねえ、大丈夫？」

「ごめん、君が可愛くてむせただけだよ」
二、三度咳をした後、エマの方へと顔を戻したロイドは、いつも通りの笑顔を浮かべている。でも不安は消えず、様子をうかがっているとロイドの指がエマの唇をそっとつついた。
「じっと見つめるくらいなら、キスをしてくれない？」

「も、もうっ……私は心配して……」

「本当にむせただけだ。病気は完治したって、そう言っただろう？」

どうやら、願いを叶えない限り彼は出て行かないようだ。

さすがに遅刻させるわけにはいかないと自分に言い聞かせ、エマはそっと彼の唇にキスをする。

「もっと激しくてもいいのに」

「昼間からはしません」

「じゃあ夜ならいいのか？」

「い、今のは言葉のあやだから！」

そう言って身を引くと、ロイドは笑いながら今度こそ出かけていく。

（無駄に元気だし、心配して損したわ）

ほっとしつつ扉を閉めたところで、エマは生暖かい視線を注がれていることに気がついた。

無視したかったが、振り返ると自分を見ている二つの視線と目が合ってしまう。

「あのお姉ちゃんがこんな甘々になるなんて奇跡よね」

「ええ、アタシ今めちゃくちゃ感動してる」

などとうなずき合っているのは、リズとイーゴだった。

のんきな会話をしているが、リズはイーゴに背後からぎゅっと抱きしめられている格好なので、エマからしたら二人の方がよっぽど距離が近いし恋人同士のようだ。ただ、醸し出される雰囲気は健全だが。

「お姉ちゃん、最近目に見えて綺麗になったし、やっぱり恋ってすごいのね」

「アタシが思うに、夜のアレのせいね」

恥じらいもなく言ってのけたイーゴに、エマは唖然とした顔で固まる。

戸惑うエマを置いてきぼりにしたまま、リズがそこで「なるほど」とうなずいた。

何がなるほどなのかエマにはちっともわからないが、イーゴの言葉には合理的な回答を好むリズをも納得させる説得力があったらしい。

「つまり、毎晩イチャイチャしているおかげで、お姉ちゃんは綺麗になったのね！」

「ちょ、ちょっと、何よそれ⁉」

「してるんでしょ、イチャイチャ？」

リズの質問に、エマは答えに窮する。

確かにこのところ、ロイドは夜になるとエマの部屋に必ずやってくる。

毎日ではないが甘い触れあいを行うことも多い。

「やっぱり、すごいの？」

「リ、リズ⁉」

「別に隠すことないでしょ。お姉ちゃんとロイドさんがラブラブなのは見ればわかるし」

「で、夜は熱々なのかしら？」

「すごいの？　どうなの？」

左右からイーゴとリズに詰め寄られ、エマは完全に逃げ道を塞がれる。

特にリズの方は好奇心に火がついてしまったようで、答えるまで絶対離さないという雰囲気だ。

「べ、別に普通よ……」

渋々返事はしたが、弱々しい声はイーゴの嘲笑にかき消される。

「普通のイチャイチャだけで、そんなあからさまに綺麗にはならないわよ」

「本当に普通よ。最後までだってしてないし」

エマが言えば、そこで二人の空気が一変した。

信じられないという顔で固まる二人を見てそんなに驚くことかと思ったが、リズに至っては困ったような表情までし始める。

「あんなにラブラブなのに、お姉ちゃん最後まで許してないの？」

「ゆ、許す許さないじゃなくて、ロイドがしてくれないの」

「そのいい方だと、お姉ちゃんはしてほしいのね」

「そっ、そういうわけじゃないわ。まだ婚約しているだけだし、普通結婚してからする物なんでしょう……？」

「常識的にはそうだけど、さすがにその考えは古すぎるわよ。今時、結婚まで清い身体のままっていうのは色々遅れすぎ」

リズがいう通り、クレー国の貴族社会では婚前でも性行為を行うのが当たり前になっている。

ベルフォードで開発された避妊具と避妊薬の性能がよく、それが普及するに伴って若い貴族たちの間では性行為を忌避しなくなったのだ。

とはいえ『土と岩が私の恋人！』と豪語し、異性交遊の経験もないリズに遅れすぎと断言されるのは、なんだか釈然としない。

「お姉ちゃんからもっと迫ってみたら？　ロイドさんは、絶対満更でもないから！」

「いや、でも今は仕事も忙しいし……」

などと言い訳を重ねようとしたが、そこでイーゴがおもむろに懐から手帳を取り出す。

彼が手にしているのは、エマとロイドの日々の予定が書かれた物だ。イーゴは時間管理がうまいので、二人の予定の調整役を担ってくれているのだが、今日はそれが完全に裏目に出た。

「うん、三日後ならいけるわね」

「み、三日後って何？」

「は・じ・め・て♪の日よ！」

イーゴの口から飛び出したとんでもない単語にエマは凍りつく。

「午後からになるけど、たまには二人で出かけていらっしゃいな。次の日も半日休みにするから、ロマンチックな一夜を過ごすの」

「ろ、ロマンチックって言ったって……」

「場所はこのイーゴ様がなんとかするわ！　だからエマは、精一杯おめかししてロイドに迫るのよ！」

「無茶言わないで！」

珍しく大きな声で拒絶できたが、それくらいで引くイーゴではない。

そしてそれはリズも同じだ。

「頑張ろうよお姉ちゃん！　ロイドさんだって、お姉ちゃんが積極的になるの待ってるのかもしれないよ？」

そんなことはないと言いたかったが、先ほどキスをねだられたときのことが頭をよぎってしまい言葉に詰まる。

その一瞬の隙にリズとイーゴから「絶対にそうすべきよ！」と詰め寄られてしまえば、エマに逃げ道は残されていなかった。

◇◇◇　　◇◇◇

イーゴとリズの企みはエマのスタイリストと化しているヴィレルの耳にも入り、三日後のデート当日は蜂の巣をつついたような大騒ぎとなった。

キンバリー夫人の夜会で会って以来、ヴィレルはレッドバレーにオフィスと作業場を構えて熱心に仕事をしているが、デートの計画を聞くやいなや仕事を放り出してエマのためにドレスや宝飾品を並べて大騒ぎに参加した。

「俺の辞書にほどほどという文字はない！　やるなら徹底的に、君を見た人が腰を抜かすほど美しく磨いてやる！」

軍人時代の振る舞いが抜けないのか、無駄に大きな声と共にヴィレルは拳を握りしめる。いつも以上の勢いに飲まれつつ、側にいるイーゴに助けを求めようと思ったが、彼は小さく首を横に振った。

「海軍時代のヴィレルって、鬼軍曹で有名だったのよ。だからこれから逃げるのは無理よ」

「鬼……軍曹？」

「ドレイク大佐の無敵艦隊を陰で支え、寄せ集めの兵を立派な船乗りにしたのはヴィレルなのよ。今は女性を磨くことに海兵魂を燃やしてるって聞いてたけど、想像以上ねこれは」

「女性を磨くのに、海兵魂関係ある……？」

「さあ。でもデザイナーとしてもスタイリストとしても腕は一流なんだし、しごいてもらいなさいな」

そのままバシッと背中をたたかれ、エマはげんなりするが、逃げ道はない。

ヴィレルの海兵魂にはすでに火がついて消えず、エマは全身を磨かれ、彼がデザインしたドレスを着せられ送り出されることになった。

「……鬼軍曹、こわい」

そして街へと行く馬車に押し込まれたときには、エマはもうすでにヘトヘトだった。

しかし問題は、ここからである。

（……ロイドに迫るなんて、私に出来るのかしら）

ぐったりしながら座席に座るエマの手には、リズとイーゴが考えた『男を落とす十の方法』というメモが握られている。

奥手なエマのためにと作ってくれた物だが、その一つとして出来る気がしない。

（『歩くときは腕をとり、胸を押しつける』とか絶対無理よ……）

ヴィレルのドレスによっていつも以上に胸は盛られているが、それを押しつけながら歩くなんて難易度が高すぎる。

（そもそも私、男性と腕を組んで歩くだけで精一杯なのに……）

貧乏故に社交界に出たこともなく、異性の隣を歩いたり腕を組んだのはロイドが初めてという経験のなさだ。

なのに胸を押しつけるなんて絶対に無理だと思って別の項目を見てみたが、どれもこれも文字を読むだけで赤面してしまうものばかりだ。

（『上目遣いでキスをねだる』って何……？　『食事のときはあーんで！』とか、いい年の大人が出来るわけないいじゃない……！）

メモを見ているだけで恥ずかしくなり、エマは慌ててしまい込む。

そもそもロイドの方はイーゴたちの作戦を知らず、エマと街を散策するだけだと思っているのだ。そこで急にエマが奇行に出たら引かれかねない。

「とりあえず普通……普通にいきましょう……」

自分に言い聞かせているうちに、馬車はレッドバレーの中心地へと入っていく。

かつては廃墟《はいきょ》同然だった町も、今は往来に人があふれる賑やかな場所となった。

大通りには酒場などの食事処や、日用品の買える商店などが建ち並び、ダイヤモンドの買い付けに来た商人や貴族たちが泊まる宿泊施設なども建設中だ。

通りを一つ入るとダイヤモンドを用いた宝飾品を作る工房が建ち並び、ロイドが招いた職人たちの住まいが広がっている。

（たった数ヶ月なのに、本当に見違えるよう……）

それもこれも、人と資金を集めてくれたロイドのおかげだろう。

街の開発にはエマも協力したが、彼女一人だったら何もかも不可能だった。

改めて彼に感謝していると、馬車は街の中心にあるタウンホールの前に止まる。大きな時計台が印象的なホールはまだ建設中だが、完成の暁にはここでレッドバレーの執政を行う予定だ。

馬車を降り、建設中の建物を見上げていると、工事に携わる男たちがエマを見て嬉しそうに声を上げる。その中に見知った若者たちの顔を見つけ、エマは顔を華やかせた。

「みんなも帰ってきてくれたのね！」

駆け寄れば、汗を拭きながら若者たちが近づいてくる。エマに笑顔を向けたのは、貧しさから一度は街を出た青年たちばかりだった。

「エマさんのおかげですよ。仕事が出来たおかげで、街を出なくても食っていけるようになったんです」

別の街で下手な仕事をするより、給金も待遇も良いのだと皆が笑う。

明るい表情を見ているとなんだか心が温かくなって、エマもまた微笑む。

その途端、若者たちが驚いた顔で固まった。彼らの困惑を感じ取って、エマは変な顔でもしていただろうかと頬に触れる。

「私、何かおかしなことをしたかしら」

「いえ、おかしいっていうか……あの……」

「なんていうか、なぁ……」

頬を赤らめながら顔を見合う若者たちに、エマは首をかしげる。

言いよどむ彼らの真意を知りたくてエマはもう一度口を開こうとしたが、そこで逞しい腕が彼女の肩を抱き寄せた。

「私の婚約者に、何か用かな？」

冷ややかな声に顔を上げると、エマを抱き寄せていたのはロイドだった。

彼が隣に並んだ途端、若者たちは「ちょっと話をしていただけです！」と口をそろえ、蜘《く》蛛《も》の子を散らすように逃げていく。

「あっ、お仕事頑張ってね！」

慌ててエマは手を振ったが、それに気づかぬ勢いで皆去って行く。

遠ざかる背中を見つめていると、視線を遮るようにロイドがエマの前に立った。

「どうやら、待ち合わせ場所の指定を間違えたみたいだ」

不機嫌そうな声で言って、ロイドはエマをじっと見つめる。

「え、ここじゃなかった？」

「そういう意味じゃない。美しい君をこんな場所に呼び出すんじゃなかったと思ったんだ」

言いながら、ロイドがじっとエマを見下ろす。

「街の視察に行くにしては、ずいぶんおしゃれをしているね」

「これはヴィレルさんがしてくれたの」

「あいつ……。こういう格好は、二人だけのときにしかさせるなって釘《くぎ》を刺しておかないと」

「へ、変だった？」

「変じゃないから困ってるんだ。君が美しすぎて、街ゆく人が目を奪われてしまうだろう」

そんなことはないと否定しかけたが、先ほど若者たちが見せた反応は確かに何かに見惚れるような物だった。

「やっぱり、ヴィレルさんはすごいのね」

「すごいのは君だよ」

「でも昔は、あんな顔されたことなかったわ」

「君が気づいていないだけで、きっと目をつけていた男はいたさ」

本当にそうだろうかとエマは思うが、ロイドは不機嫌そうな顔を崩さない。

「やっぱり街の視察はやめよう。そんな可愛い格好で外を歩かせたくない」

「で、でも……」

「俺が、嫉妬でおかしくなっても構わない？」

言うなり唇を指でなぞられ、思わせぶりな声で尋ねられる。

「人目もはばからず口づけて、君が誰かに見つめられるたび抱き寄せたり愛を囁いても構わないならこのまま続けても良いけど」

「ぜ、絶対無理！」

「なら予定変更だ」

言うなり、ロイドが乗ってきたとおぼしき車にエマは押し込められる。

見知った運転手にロイドが何か囁くと、車は街の北へと走り出す。

後部座席で二人きりになっても、ロイドはエマを離さずむしろ先ほど以上に近い距離で彼女の腰を抱いていた。

窓越しに景色を眺めている彼の横顔をうかがえば、どこか拗ねたような表情が見て取れる。

（着飾った私を見られるの、本当に嫌だったのね）

若者たちを牽制《けんせい》したのはきっと嫉妬からだと、鈍いエマでもさすがに気づく。

それがなんだか嬉しくて、エマは小さく笑った。

前からイーゴやヴィレルに嫉妬するような態度を取ることはあったが、あのときよりも今の彼は子供っぽく見える。

そこに素の彼を見た気がして、いつにも増して彼を愛おしいとエマは思った。

（大人げなく嫉妬するくらいには、私のこと……ちゃんと好きでいてくれているかな）

婚約は復讐のためだとロイドは言った。でもそれが真実ではないことを、拗ねた表情からはいつも以上に感じた。

復讐が本心ではない可能性を最初から感じてはいたが、それは日に日に確信へと変わっている。

ロイドを傷つけた過去と、自分が彼に愛されるわけがないという自信のなさ故に、ロイドの好意からエマは目をそらすばかりだった。

でもエマを手放すまいとする腕の力が愛情から来る物だと、今日はいつも以上に実感できる。

（リズたちが言うように、私から好意を示せば彼は喜んでくれるのかしら……）

などと思いながらロイドをうかがっていると、景色を見ていた視線がエマへと向けられる。

ロイドの端整な顔を前にすると、その凛々しさに顔を背けてしまいそうになる。

けれどそれでは今までと何も変わらないし、ロイドが自分を好きでいてくれるなら、こちらからも多少なりともアプローチをすべきなのではないかという気持ちが、エマにもようやく芽生え始めていた。

「あ、あのね……」

だから勇気を出して、エマはロイドの腕をぎゅっと摑む。

（いやでも、さすがに胸は……敷居が高い……）

でも肩くらいならくっつけられるだろうかと悩んでいると、ロイドの表情がにこやかな物へと変わった。

「その顔、俺の腕に胸を押し当ててくれる気になった？」

「へ？」

「そろそろ一つくらい実行するタイミングだろう。今の調子じゃ、デートが終わる前に十個全部やりきれないし」

予想外な言葉に、エマは間抜けな顔で固まった。

すると見覚えのあるメモを、ロイドがエマの前に広げる。

「そ、そのメモ……！　なんで⁉」

「さっきリズから渡されたんだよ。『お姉ちゃんがいくつ出来たか後で教えてね』って」

「け、計画のことはロイドには秘密って言ってたのに！」

「そう思ってたのは君だけだよ。イーゴからも、エマは絶対逃げようとするから全部やらせろと言われたし」

だからほら……と、エマが寄りやすいようにロイドは肩を傾けてくる。

とはいえエマが本気でやれるとは思っていないのか、どこかからかうような表情だ。

「それとも、上目遣いでキスの方にする？」

「……で、出来ないってわかっていて言ってるでしょう」

「キスしてもらえないなら、せめて君の可愛く困る顔が見たくて」

ロイドの言葉に、さすがのエマもむっとする。

（端から出来ないって、決めつけないでよ……）

同時に彼をあっと言わせたいという気持ちが芽生え、エマはロイドの腕をそこでぎゅっと摑んだ。

（私だって頑張れば、一つくらい……！）

そのまま腕に胸を押し当てると、ロイドの身体が不自然にこわばった。

ここまでやれば一つも二つも同じな気がして、エマはロイドに唇を寄せる。

情けないことに狙いは外れ、唇は彼の頬に当たってしまったがキスはキスだ。

「わ、私だって……やれば出来たでしょ……！」

どうだと胸を張ると、ロイドがエマから顔を背けたのはほぼ同時だった。

「……それは、さすがに反則過ぎるだろ」

どんなときでも余裕を崩さないロイドの声が、このときばかりは僅かに震えていた。表情は見えなかったけれど、黒い髪の間から見える耳は真っ赤になっている。

彼が照れているのだとわかり、エマは満足げに微笑む。

しかしエマが優位に立っていられたのは、そこまでだった。

「君が誘ってくれるなら、もう遠慮はいらないな」

視線をエマへと戻したロイドの顔には、蠱惑《こわく》的な笑みが浮かんでいる。

ぞくりとするほどの色香を湛えたその顔に、今度はエマの方が顔を赤くした。

「別荘に着いたら、明日の昼まで君を離さないから覚悟してくれ」

「ひ、昼まで……？　それに別荘なんていつのまに……」

「実は、君のお父さんから以前貰った物があるんだ。ハワードと共有で使うようにと言われてね」

もうすぐ着くと言われて車窓から外を見ると、車は町の中心地を離れ海沿いへと向かっていた。

確かに祖父が生きていた頃、海沿いにある別荘に何度か出かけたことがある。

祖父から父へ、父から兄へと受け継がれた物だが、別荘地の辺りは海風が強いため建物の劣化が早い。維持には頻繁な手入れが必要だったがそんな金も暇も無く、最後に見たときはかなり朽ちていたはずだ。

「あそこは、もう……」

「いけばわかるよ。ほら、丁度見えてきた」

ロイドの指さす先を見ると、小高い丘の上に見覚えのある白い建物が見える。

見えてきた別荘の外観に、エマはわぁっと小さな歓声を上げる。

「すごい、とっても綺麗になってる……！」

壁の一部が崩れ、吹きさらしになっていた頃の面影はまるでない。改築もしたのか、建物の大きさは倍ほどになり海が見えるテラスや庭なども出来ていた。

「いつの間に手を入れたの？」

「手を入れたのはハワードだよ」

「でも、そんなお金は……」

「俺が送ったんだ。ハワードは生前、鉱山事業の代わりに観光業でこの地を潤そうと思っていたからな」

「観光業って、このレッドバレーを？」

鉱山がなければ、レッドバレーには荒野と海しかない。

何よりここは首都からも遠く、観光客が来るとは到底思わなかった。

なのになぜと考えていると、ロイドは海の向こうを指さす。

「ここ、晴れた日には遠くにベルフォードのある大陸が見えるのを知ってるか？」

「えっ、ここから？」

「大陸の先端、観光地として有名な街『ログレス』からレッドバレーまでは船で三時間くらいなんだ。それにここは、冬は寒いが夏は涼しい。避暑地として最適だろ」

言われてみると、レッドバレーのある半島はベルフォードと距離がかなり近い。

昔祖父も、夏になるとベルフォードから避暑にやってくる者もいたと話していた気がする。

「今はなくなってしまったが、湾には小さな海水浴場や港、貸し別荘がいくつも立っていたそうだ。それを直してベルフォードからの客を呼び込むとハワードは手紙で語っていた」

しかしベルフォードは戦争が長引き、その計画はなかなか日の目を見なかったのだとロイドは続ける。

「俺が軍に入ったのはハワードの計画を応援したい気持ちもあったからだ。戦争が終わらなきゃ観光どころじゃないし、退役後に今の会社を興したのも金銭的な面でハワードを支えたかった故だ」

「じゃあロイドは、兄さんのパトロンにもなろうとしてくれていたのね」

「実際パトロンだったんだよ。手始めに別荘と港を直してみろとお金も出したしね」

「兄さんは何も教えてくれなかったから、全然知らなかったわ」

「エマには秘密にしていたんだろうな。綺麗になった湾を見せて、驚かせたかったと前に手紙に書いていたから」

「でも結局、その日は来なかったのね……」

エマの言葉に、ロイドは表情を曇らせる。

「ハワードは志半ばで亡くなったんだ。一人で進めていたのが、完全に裏目に出たな……」

「知っていれば、私も協力できたのに」

「そうだね。でも君は観光業以上に優秀な事業を見つけただろう。ハワードは、きっと今頃悔しがっているさ」

ロイドの言葉に、寂しさに捕らわれそうになったエマの心が救われる。

その後も二人でハワードの思い出話をしているうちに、車は別荘の前に到着した。

海風に強い白い石造りの建物は、まるで新築のように美しい。ハワードが手直ししたにしても綺麗すぎないかと思っていると、ロイドが慣れた手つきで別荘の鍵を開けた。

「あらかたの工事はハワードが終わらせていたけど、少し風化していたから俺が直したんだ。海風や雨に強い作りにしてあるけど、使うには少しくたびれていたしね」

完成後手つかずのままだった物を直したのだと語るロイドに導かれ、エマは別荘の中へと足を踏み入れる。

「すごいわ、前と全然違う」

最後に見た記憶では、別荘はどこもかしこもくたびれていて、置かれていた家具も古く壊れかけていた。

だが目の前に広がる部屋には品の良い家具が置かれ、壁には美しい絵画までかけられている。

特に明るい日の光が差し込む居間は、海が見えやすいよう窓の位置も変わっており、部屋のどこにいても美しい景色が楽しめるようになっていた。

「これを兄さんが……？」

「ああ。完成したら、エマの誕生日に贈りたいと言っていた」

「えっ、私に……？」

「『可愛い妹が窓辺に立っていれば、別荘の見映《みば》えが十倍になる。それを絵にしたポストカードを色んな場所で配って、観光客を誘致するんだ』って、俺への手紙に書いていたよ」

「ポストカードって、それで本当に人が呼べるのかしら？」

「俺もそう言ったが、全然聞く耳を持たなかったんだ」

穴だらけの計画に苦笑しつつも、そこが兄らしいと微笑ましさも感じる。

ハワードは思い立ったら一直線だし、エマの容姿を過大評価していたところがある。

「鉱山事業が一段落したら、ハワードの意志を継ぐのも良いかもしれないな」

「確かに、資金があれば別荘地や港を立て直すのもいいかも」

「でもポストカードは配らないぞ。君の美しさは、もう俺だけの物だ」

言うなり手を取られ、指先に口づけを落とされる。

キザな仕草すら絵になるロイドを見ていると、自分よりも彼が描かれたポストカードを配った方が良いかもしれないとさえ思う。

(でもそうしたら、ロイド目当ての女性客が増えてしまうかしら)

それは嫌だなと思ったところで、ロイドの指が不意にエマの頰を優しく撫でた。

「急に不機嫌な顔になったけど、何か気に入らないところがあった？」

問いかけに、エマは慌てて首を横に振る。

「何でもないわ。それより、別荘を一回りしてもいい？」

「構わないよ。でも……」

言うなり顎を摑まれ上向いたエマの顔に、ロイドの口づけが降りてくる。

甘さより荒々しさが勝る口づけに驚いていると、逞しい腕がエマをきつく抱きしめた。

「見回りながら、残りを片付けてしまおうか」

「の、残りって？」

「君が俺にしてくれること、あと八個残ってるだろう？」

エマのポケットからリズたちが作ったメモを引き抜き、ロイドが笑う。

「どれからいく？『抱っこをせがむ』にする？」

「無茶言わないで！」

「二個は出来たんだから、残りは余裕だろ」

「残りのやつ、どれも難易度が高すぎるし無理よ！」

「そんなことはないと思うけど」

「例えばほらこれ、『お風呂に一緒に入る』だなんて物理的に無理でしょう？」

記憶では別荘のバスタブはかなり小さいはずだ。だからこれは回避できると安心していると、ロイドの笑みが艶やかさを増す。

「本当に不可能か、試してみる？」

「……え？」

「準備をしてくる。だから君は、俺に抱っこをせがむ練習をしていてくれ」

メモをエマの手に押しつけ、ロイドは浴室の方へと消えていく。

軽やかな足取りに嫌な予感を感じつつ、エマは今一度メモに視線を落とす。

「……うん、どれも絶対無理……」

かといって出来ないと突っぱねることも不可能な気がして、エマは真っ赤になった顔を手で覆った。

◇◇◇　◇◇◇

嫌な予感が現実になったのは、ロイドの不敵な発言から僅か十五分後のことだった。

(うぅ……この体勢……恥ずかしくて、死んでしまいそう……)

湯の張られた広い浴槽の中で、エマはぐったりとうなだれていた。

そんな彼女を、背後から抱きしめ膝に乗せているのはもちろんロイドである。

いわゆる『抱っこ』の体勢に彼はご満悦だが、エマの方は顔さえ上げられない。何せ二人とも裸なのだ。

「どう？　ずいぶん広くなっただろう？」

「む、むしろ広すぎない……？」

「ベルフォードではこうした広い浴室が一般的なんだ。それをハワードに伝えたらひどくうらやましがっていたから、きっと様式を変えたんだろう」

「だとしても、やり過ぎよ……」

改装された浴室は、子供の頃に来たときより三倍は広くなっていた。

タイル造りの浴槽は大人三人が余裕で入れるほどの大きさで、わざわざ地下から温泉を引き込んでいるらしい。

その上浴槽の回りにはなぜか蠟燭がたくさん置かれている。

「浴室に蠟燭を並べるのもベルフォード式なの？」

「これはリズとイーゴたちが用意したんだろう」

「ちょっと待って⁉　二人は別荘のことを知っていたの？」

「今日のデートについて相談されたとき、ここのことを教えたんだ。だから事前に別荘を飾ってくれたんだろう」

すぐにお風呂の準備が出来たのも、先にイーゴたちが手を回していたおかげだとロイドは笑う。

「『ロマンチックで熱い夜を過ごせる場所はないか』って言われて、真っ先にここが浮かんだんだ。ハワードも、いつか大事な日に使えって言っていたし」

これが大事な日に当たるのだろうかとエマは疑問に思うが、もし兄が生きていたらリズやイーゴたちと結託しそうな気もする。

ハワードもエマがロイドのことを忘れられないと知ってたし、彼に手紙を送るたび『お前は送らなくていいのか』『好きなら恋文の一つくらい出してみろ』としつこく聞いてきたくらいだ。

（今思えば、私の写真を送ってくれたのも兄さんなりの恋の後押しだったのかも）

きっと、ロイドがエマを忘れないようにという配慮だったのだろう。そして兄のもくろみは一応成功している。

恨みを募らせたとロイドは言っていたし、写真のおかげで彼は復讐を決意したのだ。

（いや、でもやっぱり復讐じゃないのかも……）

こっそりうかがい見たロイドは上機嫌だし、エマを恨んでいる様子は欠片もない。

「さて、そろそろ次の項目を実行するときじゃないか？」

それどころか、いつも以上に彼の視線と声は甘い。

気がつけば向き合う形で抱き直され、凛々しい顔立ちが目の前に迫る。

「も、もう何もしないから……」

「何もしないって、こんなにも密着してるのに？」

「だからこそよ。これだけでもう恥ずかしいし、今以上のことなんて絶対無理」

「まあ確かに、エマにしては相当頑張ってくれた方か」

努力は伝わっていたらしいとわかり、エマはひとまず胸をなで下ろす。

「じゃあ、ここからは俺が頑張らなきゃな」

「が、頑張るって何を？」

「ロマンチックな夜にするために色々とね」

「夜って言うか、まだ昼だけど……」

「今から夜……いや朝までずっと、ロマンチックな時間を提供するよ」

朝までなんて身が持たないと言いかけたが、声はロイドの口づけによって奪われる。

触れた瞬間は優しく、しかし段々と深さを増していくロイドのキスは、湯で火照っていた身体を更に熱くさせた。

長いキスが未だなれないエマは、息苦しさにくっと喉を鳴らす。そこでようやく唇が離れたが、呼吸が楽になった代わりに僅かな物足りなさを感じてしまう。

「『いつもより甘い声を出す』って項目も達成できたな」

「そ、そんなの……あったかしら……？」

「最後の方にあったよ。それに、『おねだり』も完璧だ」

艶やかな笑みを浮かべながら言葉を切って、ロイドはエマの頬を優しく撫でる。

「お、おねだり……？」

「『最後までしたいってねだる』ってのが一番下にあっただろう」

言われてみるとおぼろげに記憶がある。絶対に無理だと視界に入れないようにしていた、最後の一つだ。

「ね、ねだってなんか……」

「言葉がなくても、伝わることはある」

言いながら、ロイドは湯を指さす。

レッドバレーの温泉は透明なため、まるで鏡のように二人の姿を写している。

僅かに揺れる水面に映る自分の姿に、エマは小さく息を呑む。

「キスだけで蕩けて、でもどこか物足りないって顔だ」

ロイドが言う通り、エマはいつになく艶やかな表情で目を潤ませていた。

キスによって蕩けた表情とまなざしには、直視するのが恥ずかしいほど女の色香が漂っている。

まるで別人のような顔に戸惑うが、エマを抱き寄せるロイドは幸せそうにキスを繰り返した。

「結婚するまでは耐えようと思っていたが、君が求めてくれるならもう我慢はしない」

「が、我慢を……していたの？」

「当たり前だろう。君を傷つけるのは嫌だからな」

「傷つけるために私と婚約したと言っていたくせに」

「それが本心じゃないって、さすがに気づいているだろう？」

穏やかな口調と、向けられた視線から感じるのは、深い愛情だった。彼の心をかき立てエマに執着させているのは復讐心ではないと、まなざしからはっきりと感じ取れた。

だからエマは勇気を出し、ロイドの背中にそっと腕を回す。

「気づいたら、私たちの関係は変わってしまう……？」

「変わらないよ。ただ少し、触れ方が甘くはなるかもしれないけど」

言葉と共にエマに口づけながら、ロイドの指がエマの濡れた髪をかきあげる。

「も、もう十分甘い気がするけど」

「まだまだ序の口だ。君に引かれないように、かなり手加減したからな」

「い、今ので……？」

「君は臆病だと、ハワードから聞かされていたからな。……だから本気になって、逃げられるのが怖かった」

言葉を重ねながら、ロイドはエマの首筋に指を這わせる。

優しい手つきではあるが、くすぐるように肌を撫でる指先はいつも以上に甘い。

エマの感じ方が変わったせいかもしれないが、触れられたところから瞬く間に熱が広がって、身体の内側から切ないうずきがこみ上げてしまう。

「怯えずに、俺を求めてくれ」

ロイドの方も、瞳と声を切なげに震わせエマに懇願する。

いつものロイドなら、軽い口調で言うような台詞だった。でも今は、これまでなかった誠実さが声の端々から感じ取れる。

エマがロイドを求めているように、彼もまた心から彼女を求めている。

それがわかったからこそ、エマは勇気を出してロイドの唇にそっとキスをする。

(私は、ロイドがほしい……)

臆病なエマは気持ちを言葉には出来なかった。だがそれでも口づけやまなざし、そして触れ方で、精一杯自分の望みを伝える。

「ありがとう。……俺も覚悟を決めて、君を大事にするよ」

甘くかすれた声と共に、今度はロイドからキスをされる。

言葉通りの優しいキスに、エマは自分の気持ちがしっかりと伝わったことを悟った。

だがいざそれがわかった途端、情けなく緊張してしまう。身体が僅かにこわばると、そこでロイドが小さく笑った。

「まずは、ここで少し気持ちと身体をほぐしていこうか」

言いながら、ロイドはエマの首筋にそっと唇を押しつける。

「あ……ッ……」

「ここみたいに、君が感じる場所に先に触れておこう」

首筋を強く吸い上げた後、ロイドの舌先がエマの弱いところを舐り始める。

同時に、ロイドの大きな手のひらが乳房を包み込む。

「あ……、んっ……」

美しい曲線を乱すように胸を揉まれると、エマの口からは嬌声がこぼれ始めた。

(どうしよう、触られただけなのに……いつもよりずっと気持ちいい……)

ロイドの膝の上で身体を跳ねさせながら、エマは愉悦の波に押し流されないよう必死になって彼の肩を掴む。

彼の手つきは力強いが、決して乱暴ではない。むしろいつも以上に優しく丁寧に肌を撫で、乳房を愛撫してくれている。

なのに気を抜けばあっという間に上り詰めてしまいそうで、エマは戸惑い自分を恥じた。

「あ……っ、ん……ロイド……ッ」

「今日のエマは、いつもより可愛い声が出るな」

「そんな、こ……と……ッ」

「それに反応もずっと良い。俺に触れられて、気持ちがいい?」

答えるのは恥ずかしかったけれど、問いかけと共にロイドは胸だけでなくエマの太ももをもなで上げる。

大きな手のひらは、エマの官能を刺激するように太ももをなぞり、ほどなく臀部《でんぶ》へとたどり着いた。胸と同じようにこちらにも指を食い込ませ、ロイドは美しい肌の形を淫らに崩す。

「あ……、やぁっ……、んっ」

エマの反応を探るように、優しさと荒々しさを織り交ぜた手つきで愛撫されるとたまらなかった。

「腰が跳ねているな。今日はいつもより、ずっと感じやすいようだ」

「だって……」

「何かが、いつもとは違う?」

「違う……ッ、全然……ちがうの……」

乳房や臀部への愛撫も、問いかけの合間に施される唇や首筋へのキスも、いつもの何倍も心地よいのだ。

あっという間に息が上がって、全身を駆け抜ける快楽に溺れて抜け出せない。

それに気をよくしたのか、ロイドは愛撫や口づけの位置を変え、新しい愉悦をエマの身体にもたらし始めた。

「あ……そこ……ッ」

「ここも、いつもより感じる?」

囁きと共に触れられたのは、エマの赤い花芽だった。

先端をくすぐるように刺激されると、花襞からはねっとりとした蜜がにじみ出すのがわかる。下半身は湯の中とはいえ、自分とロイドの太ももを濡らしているのが湯だけではないときっと彼も気づいているだろう。

慌てて腰を上げようとするが、その隙にロイドの節だった指がエマの入り口をこじ開ける。

「あぅ……そこ……ッ」

「ここも感じるみたいだな」

「か、感じ……すぎて……ッ、あッ、だめ……」

「隠さなくていい。今日は好きなだけ、乱れてねだれば良いんだ」

耳元で低く囁かれるだけで、全身に切なさと甘い痺れが駆け抜けていく。

傾いた身体が淫猥《いんわい》に揺れ、湯を跳ね散らかしながら乱れる姿を晒すのは恥ずかしいのに、どう止めればいいのかわからない。

「……さあ、もっとおねだりしてごらん」

ロイドの笑みが深まり、甘い声音がエマの理性を少し崩す。

恥ずかしさを欲望が押し流し、濡れた唇の間から甘い声がゆっくりとこぼれた。

「……触って……、ほし……い……」

「どこに？」

「今……ッ、……指が……入っているところ……」

「もっと激しく？」

「激しく……それに、奥に……」

ねだるだけでなく、気がつけばロイドの手にエマは自然と腰をこすりつけていた。

自分でもはしたないことだとわかっているが、勝手に動く身体は止められない。

止めようとする意思も、湧き上がる淫らな欲望によって瞬く間にかき消されてしまう。

エマの腰つきに合わせるように、ロイドが襞を抉る指を増やす。

初めて奥に触れられて以来、挿入こそ無かったがロイドの指はエマの中を幾度となく触れてきた。

いつか本当の意味で身体を重ねるとき、少しでもエマの負担が無いようにと、淫らな触れあいは隘路の内側にも及んでいた。

「あ……そこ……」

「君が好きな場所だ」

「……ッ、すごい……」

「気持ちいい？」

「いい……とても……あッ、く……っ」

二本の指を巧みに動かし、ロイドはエマの感じる場所を的確に責め立てる。肉襞をこすりあげながら、時折花芽にも優しい刺激を施され、エマは絶頂の兆しを感じ始める。

（でも……私……ばっかり、いいのかな……）

ロイドのもたらす物は心地が良い。だからこそ、なんだか少し寂しい気持ちにもなる。

いつもロイドは、エマを絶頂に導くと行為をやめてしまう。今日はその続きがあるはずだけれど、うかがい見た凛々しい顔には何かをこらえるような表情が浮かんでいる。

「ロイド……は……？」

尋ねながら、エマの隘路がすがるように太い指をきゅっと締め付ける。

途端に、ロイドは戸惑うような顔をエマに向けた。

「私……ロイドにも……気持ちよくなってほしい」

「いや、俺はあとでいい。こんな場所で、君の初めてを奪うわけにはいかない」

「でも私、一人は嫌……」

言葉にすると、自分の気持ちがよりはっきりしていく。

（いつもいつも、私だけ心地よくなるのが本当は寂しかった……。でも、今日はロイドにも、もっと気持ちよくなってほしい……）

そんな気持ちと共に、濡れたまなざしがロイドを見つめる。

視線が絡むと、ロイドの顔に僅かな焦りが浮かんだ。

自分は何か困らせただろうかと戸惑っていると、不意に腰を掴まれ持ち上げられる。

「なら、君の好意に甘えよう。そんな目で見つめられると、俺の方も我慢が出来そうにない」

言うなり身体を反転させられ、エマは浴槽の縁に手をつく格好になる。体位が変わったことに戸惑っていると、背面からロイドの逞しい身体に抱きしめられた。

「ここでは最後まではしない。だから、君と果てても構わないか？」

「一緒に……いけるの……？」

「そう、君と一緒にだ」

背面からなので顔は見えないが、優しい声に胸が甘くうずく。

そこでエマは、臀部に熱くて逞しい物が触れるのを感じた。ロイドの欲望の証だとわかると、言葉に出来ない喜びがエマの身体を満たす。

(ロイドが、私を求めてくれている……)

改めて彼を興奮させているのが自分だとわかると、自然とエマの腰がロイドの物を誘うように揺れる。

ゆっくりと背後を仰ぎ見ると、飢えた獣を思わせる鋭いまなざしと目が合った。

情欲の灯る瞳をエマへと向けながら、ロイドは彼女の腰を立たせ逞しい身体でゆっくりと覆《おお》い被《かぶ》さってくる。

「さあエマ、俺のために甘くねだってくれ」

肉棒を太ももの間に滑り込ませ、ロイドはエマと腰を合わせる。

「……あっ、ッ」

蜜と湯で濡れていた太ももの間を、逞しい肉棒が何度も行き来する。

動きはさほど激しくなかったが、時折竿《さお》の先端が花弁をこすりあげるとたまらなかった。

指よりも太い物が陰唇を割るように動き、こぼれた蜜に濡れていく。それを肌と音で感じながら、エマはうっとりと目を細めた。

「お尻が震えているけど、気持ちいいかい」

「ンっ……、きもち……いい……」

「じゃあもっと激しくしよう。湯に落ちないように、しっかりと手をついて」

言われるがまま、ロイドの方へとより腰を突き出す格好でエマは縁を手でぐっと摑む。

再びこぼれ始めた蜜を男根にこすり合わせていると、ロイドがゆっくりと腰を動かし始めた。

「あ……っ、いい……あッ、っ……」

ロイドの物はとても太くて、その先端さえ凶器のようだった。

亀頭は硬くて逞しく、襞の間や花芽への刺激は想像以上に心地が良い。

（もっと……もっと……）

より強くロイドを感じられるように。ロイドも自分を感じて果てられるようにと、エマは彼の動きに呼吸を合わせていく。

「エマ……ッ、エマ……」

腰を打ち付けるたびに、ロイドが甘く切ない声で囁く。

自分を求める声が嬉しくて、エマもまた愛おしい名を呼ぼうとしたが、ロイドの手に胸をぎゅっと摑まれたせいで声は悲鳴に変わる。

腰つきがより一層激しくなると同時に、ロイドは右手で乳房を強く揉みしだく。

指先で頂をしばしこすった後、太い指が揺れる乳房に食い込む。果実をもぐようにぎゅっと摑まれると、触れられた場所から激しい熱があふれて、エマの嬌声に艶やかさが増した。

「……だめ、……きもち、よすぎて……」

「いきそうか?」

「いっちゃ……ッ、いっちゃう……」

甘い声と打擲《ちょうちゃく》音が広い浴室に響くと、熱気が上がり二人の息づかいにも荒々しさが増す。

気がつけば二人の動きはピタリと合わさり、お互いの熱を高めるためだけに身体を動かしていた。

挿入こそしていないが、身体が溶け合っていくような感覚に悦《よろこ》びが芽生え、エマは絶頂の手前まで上り詰めていく。

「……エマ、一緒に……」

それはロイドも同じだったらしく、腰つきに激しさを増しながら彼は切なく懇願した。

「私も一緒……が、いい……」

「ならッ、いくぞ……」

亀頭が抉るように花芽と花弁をこすりあげた直後、エマの中で法悦がはじける。

「あッ、あああ……！」

絶頂に投げ出された身体はガクガクと震え、意識は白くはぜてしまう。

熱い飛沫《しぶき》がエマの腹部を汚したのは、そのときだった。それがロイドの物だとわかると、悦びと切なさが混じった複雑な感情が胸をよぎる。

愉悦でもうろうとしつつも、エマはロイドの放った熱におずおずと触れていた。

ぬめりを帯びた白濁にそっと触れてみると、今まで感じたことの無い欲望が心の奥に芽生える。

（これを……、この熱を……中にほしい）

愛欲に支配された身体と心は、無意識のうちに淫らな願いに染まっていく。

共に達けたことは嬉しいが、やはりまだ足りない。身体をつなげ、ロイドの全てをこの身に受け止めたい。

激しい愉悦で焼け焦げた意識の中で、エマが望むのはそれだけだった。

「ロ……イド……」

「わかっている、でも今は少し休もう」

「で、も……」

「君は今にも倒れそうだ。だから少し休まないと……」

言われて初めて、身体から熱が引かないことに気がついた。

それどころかがっくりと力が抜けてしまい、エマはロイドの腕に抱き支えてもらわねば身体を起こすことも出来ない。

意識さえ保つのが難しいと気づいた瞬間、エマはロイドの腕に抱き上げられる。

「ごめん……なさい……」

自然とこぼれた言葉に、ロイドが柔らかな笑みを向ける。

その優しい表情に胸が甘くうずいたところで、エマは意識が保てなくなった。

◇◇◇　　◇◇◇

『俺はどうしたら君の王子になれるんだろうな……』

かすれた声が、エマの耳を寂しげにくすぐる。

切なげな声に顔を上げると、側には痩せ細った身体が横たわっていた。

（あれ……私……）

自分の身体を見ると、扇を握った小さな手が見える。大人とは思えない手を見て、エマは自分が夢を見ているのだと気づく。

それは懐かしくて、少し寂しい遠い夏の記憶だった。

『ロイドは、エマの王子様だよ』

自然と言葉を返しながら、エマは扇でロイドを仰ぐ。

エマが見ているのは、レッドバレーが猛暑に見舞われた夏の記憶のようだった。

夢の中のロイドはいつになくやせ細り、暑さのせいでひどく衰弱している。

そんな彼を少しでも楽にしたくて、エマは扇を使い彼に風を送っていた。

『こんな情けない俺が、王子様なんて君に申し訳ないよ』

エマの小さな手をそっと掴み、ロイドは扇を閉じる。

『身体も弱いし、いつも君の手を煩わせている』

『でも、エマが好きでしてることだもん。それにいつか私たちは結婚するし、そのときにはきっと、病気もよくなるわ』

嘘偽り無く、当時のエマはそう信じていた。

そしていつまでも、二人で幸せに暮らすのだと思っていたのだ。

しかしロイドの表情は、どこか浮かない。

『万が一身体がよくなっても、俺は君の王子様になれるのかな……』

小さくこぼし、ロイドは苦しそうに咳き込む。

情けない姿を見られたくないのか、ロイドはエマから顔と身体を背けた。もう構うなと言いたげに背中を向けられたが、エマは見捨てることなど出来はしない。

小さな腕を精一杯伸ばして、エマはロイドの痩せ細った背中をそっと撫でた。

少しでも苦痛が減るように、彼が自分に甘えてくれるようにと、それだけを願っていた。

『やっぱり、俺は君にふさわしくないな……』

咳の合間に、かすれた声がこぼれる。

『大丈夫だよ、ロイドはちゃんとエマの王子様だよ』

『他人の家に寄生して、小さな君にまで守られて……。俺は卑しくて、君にはふさわしくないんだよ』

いつになく空虚な声が咳の間からこぼれて消えた。

幼いエマには、ロイドの気持ちを正しくくみ取ることは出来なかった。

でも咳き込みながら絞り出した言葉に、悲痛が満ちているのはわかる。

だからエマはベッドにあがり、触れると折れてしまいそうな背中に頬を寄せ、大丈夫と伝えるように彼の身体をぎゅっと抱きしめる。

そうすればまたロイドが笑顔に戻り、エマに振り向いてくれる気がしたのだ。

しかしエマが身を寄せても、ロイドの硬くこわばった身も心もほぐれることはなかった。

それを寂しいと思い、どうすればロイドが元気になってくれるのかと考えているうちに、思い出は遠ざかりエマは眠りから目覚め始める。

覚醒と共に、離れていく背中に不安を覚えエマは、ロイドに向かって必死に手を伸ばした。

その手が何かに触れたと思った直後、エマの耳に激しく咳き込む音が聞こえてくる。

はっと目を開けると、そこには夢の中の物よりも大きな広い背中が見えた。

エマが眠る寝台に腰を下ろしているのはロイドだろう。その背中は、咳に合わせて辛そうに揺れている。

「ロイド……大丈夫……？」

夢うつつなまま、エマは伸ばした手でそっと背を撫でる。

途端に僅かに丸まっていた背中がゆっくりと伸び、咳き込む声が落ち着き始めた。

「それは、こっちの台詞だよ」

エマの方をゆっくりと振り返りながら、ロイドが優しく微笑む。

「でも、咳……」

「ちょっとむせただけだよ。君が起きるまで、少し飲んでいたんだ」

確かに、彼の手には液体の入ったグラスが握られていた。それをサイドテーブルに置いてから、ロイドがエマの方に身体を倒す。

「……大丈夫か？」

「うん。少し……身体が火照っているけど」

「軽い湯あたりを起こしたんだ」

そこでロイドは「少し待って」と言いながら、枕元に置かれていた扇を取り上げる。

扇を広げ、ロイドはエマの顔に優しく風を送り始めた。

「……なんだか、夢の中と逆だわ」

「夢？」

エマの言葉に、ロイドが小さく首をかしげる。

「ええ。ずいぶん昔の夢だった」

「もしかして、夢の中の俺は君を困らせていた？」

扇を動かしながら、ロイドが苦笑と共にこぼす。

「どうして、そう思うの……？」

「可愛い寝顔が、時折ゆがんでいたから」

「確かに、明るくて楽しいときの夢ではなかったかも」

「昔の俺は、君に迷惑をかけてばかりいたからな」

「そんなことはないわ」

「でも夏はこうやって扇で風を送ってくれた。冬は暖をとるために薪《まき》をもってきてくれたし、君はいつも俺のために頑張ってくれていただろう」

「好きでやっていたことだもの」

「けど、大変だっただろう?」

「大変だと思ったことはないわ。夢の中でも、あなたに嫌な思いは抱いていなかったし」

小さく微笑んで、エマは身体を起こそうとする。

しかし頭を起こすと僅かなめまいがして、エマは思わず額に手を当てた。

「もう少し寝ていた方が良い。君が眠るまで、俺がこうして扇《あお》いでいるから」

「今度は、私の方が迷惑をかけてばかりね」

「かけてくれて嬉しいよ。ずっと、こうしてみたかったんだ」

楽しげに笑いながら、ロイドが扇で風を送る。夢とは違いその姿に悲愴《ひそう》感はなく、エマはほっとする。

扇を傾ける姿さえ絵になる彼は、なれないと言っていた王子のように優雅だ。そんな彼に風を送られているのが少し落ち着かなくて、エマは大丈夫だと笑った。

「もう平気。今も少しめまいがしただけだから」

「本当に?」

「ええ。それより、私どれくらい眠っていたの?」

「四時間くらいかな」

「多分疲れていたんじゃないか？　昨晩はヴィレルたちと俺のために遅くまで準備していただろう」

「えっ、そんなに⁉」

「もしかして、昨日の時点から計画のことを知っていたの？」

「ヴィレルの声はよく通りるからね。それに君がどんな格好になるのかと気になって、部屋の外でこっそり聞き耳を立てていた」

その姿を想像するとおかしくて、エマはクスクスと笑った。

「でもイーゴやリズに『明日のお楽しみだ』と言われて、最後はすごすごと部屋に引き返したんだよ。だから今日、俺より先に別の男が美しい君を見ているのが我慢ならなかった」

エマの髪を指先でくゆらせながら、ロイドのまなざしに甘さと熱が混じり始める。

熱い視線に胸がうずくのを感じながら、エマもまたロイドに視線を送る。

「そんな目で見つめられると、我慢が出来なくなりそうだ」

「我慢は、もうやめるのではないの？」

「そのつもりだったが、君の身体が大事だからね」

「私なら大丈夫よ」

エマの言葉に、ロイドの指が髪から頬を辿り、唇へと降りていく。

しかしその指先には僅かな迷いがあるように感じられた。

(もしかして、その気がなくなってしまった……?)

不安を感じてロイドをうかがうと、彼は苦笑を浮かべながらごめんと小さく謝った。

「君を怖がらせないように我慢していたと言っていたが、多分君以上に臆病なのは俺なんだ」

「あなたが臆病だなんて、全然そんな風には見えないわ」

「ネズミより臆病だよ。君を得たいとずっと願っていたのに、いざ手に出来ると思うと怖くなってしまった」

「怖い?」

「身体を重ねたら、心の一番奥を見られてしまう気がしてね」

それの何が怖いのだろうかと、エマは考える。

(私は、ロイドのことなら何でも知りたいし見たいのに)

そう願っても、彼は頑なに自分のことを語らない。エマが彼を深く知りたいと思うたび、距離を取ろうとさえする。

「私に自分を見せるのは嫌……?」

「嫌ではない。ただ、俺は――」

意を決した顔でロイドは何かを言いかけたが、彼の言葉はエマには届かなかった。声をかき消すように、激しく戸をたたく音が響いたのだ。

「俺だ、開けてくれ!」

続いて響いたのは聞き覚えのある声で、ロイドとエマははっと顔を見合わせる。

「俺だ、イーゴだ！　開けてくれ！」

名乗られる前からイーゴの声だと気づいていた二人は、ほぼ同時にベッドから降りた。

いつもの女性らしさが消えた切迫した声は普通では無い。まずはロイドが駆け出し、エマも慌てて身支度を調え後に続いた。

急いで玄関に出ると、開いた扉の向こうにはこちらも最低限の身なりしか整えていないイーゴが立っていた。

「一体何があったの？」

イーゴに駆け寄りながらエマが尋ねると、彼の代わりにロイドが口を開く。

「鉱山で火事が起きたそうだ」

ロイドの言葉に、エマは青ざめ彼の腕にすがった。

「みんなは無事なの？　けが人は？」

「けが人はいないそうだが、資材置き場と鉱夫たちの宿泊施設が燃えて、今も火が消えていないらしい」

ロイドから告げられた内容は、想像以上に深刻だった。

事実ならば、この場にとどまっているわけにはいかない。その気持ちはロイドも同じだったらしく、彼はエマの手を取る。

エマたちが乗ってきた車は屋敷に帰してしまったので、三人はすぐさまイーゴが運転してきた車に飛び乗った。

イーゴが運転席に座り、ロイドとエマは後部座席で彼から詳細を聞く形になる。

「それで火事の原因は何だ？　火の不始末か？」

「まだわからないけど、宿泊施設から火が上がったみたい」

車が走り出すと、イーゴも落ち着きを取り戻したのか口調がいつもの物へと戻る。

「たばこの不始末かとも思ったんだけど、仮眠をとってる鉱夫はいなかったらしいのよ。だから火事に巻き込まれた人はいなかったんだけど、発見も遅れて……」

「皆が無事ならそれでいい。ただ、火が広がると危険だな」

「ヴィレルを筆頭に、元海軍の仲間が中心になって消火活動を行っているから、延焼の問題はなさそう。ただ今夜の寝る場所が足りなくなりそうで、そっちの方が問題ね」

ただでさえ仕事と消火作業でくたくただろうに、鉱夫たちの休む場所が無いのは確かに問題だ。特にこの時期、レッドバレーの夜はかなり冷える。

さすがに野宿はさせられないと思っていたエマは、そこで名案を思いつく。

「なら、今夜はうちの屋敷を開放しましょうか。部屋ならいっぱいあるし、雨風をしのげる場所でみんなを休ませた方がいいわ」

鉱山からエマの屋敷は距離もそれほど離れていないし、普段は使われていない大きなサロンも解放すれば鉱夫たちに寝床くらいは用意できるだろう。

「うちのキッチンは大きいし、大人数の料理も用意できるから」

使用人たちには負担を強いるが、その分自分も久々に家事に協力しようとエマは気合いを入れる。

そんな彼女の横顔を見て、ロイドもうなずいた。

「良い案だ。ならひとまずエマには先に屋敷に戻ってもらおう」

リズや使用人たちと協力し、先に準備を進めてほしいとロイドは告げる。

彼の同意を得たことにほっとして、エマはうなずいた。

程なくして車はまず屋敷の前に到着し、エマは一人車を降りる。

そのとき、イーゴが不意に不安そうな顔でロイドを見つめた。

「なんなら、あなたもここで降りた方が良いんじゃ無い？　火はまだ消えていないし……色々と危険でしょう？」

「問題ない。それに、現場で調べたいこともあるからな」

「でも……」

「いいから車を出してくれ。それじゃあエマ、行ってくるよ」

話を打ち切った後、ロイドは笑顔で窓から身を乗り出す。

「気をつけてね」

「大丈夫だよ。お預けをくらった状態じゃ死ぬに死にきれないだろ」

耳元で囁かれた声に、エマが顔を真っ赤にする。その様子に微笑んだ後、ロイドはエマの唇を軽く奪うとイーゴに車を出させる。

こんなときでも余裕を崩さない彼のおかげで不安は消えたものの、違うドキドキにエマは胸を押さえる。

けれど今は、ロイドの一挙一動に乱されている場合ではない。

今後のためにも一刻も早くリズたちと話をせねばと思い、エマは玄関の扉へと駆け寄る。

「ともかく今は帰ってください！」

だがそこで、彼女は違和感に気づく。扉の向こうで、誰かが言い争うような声が聞こえてくるのだ。

また別の問題が起こっているのだろうかと不安を抱えつつ、エマは扉を開ける。

「こんな時間に押しかけてくるなんて、非常識でしょう！」

「非常識なのはそちらだろう。うちの息子を利用しずっと引き留めているくせに」

屋敷の中へと入ると、最初に見えてきたのは身なりの良い老いた男女の背中だった。

その向こうでは若い男とリズがにらみ合って立っている。

「いいから兄貴を呼び出せよ。俺たちはあいつに話があってきたんだ」

若い男の不機嫌そうな声は聞き覚えがあり、エマは「あっ」と声を上げる。

その声で、リズたちはエマが帰ってきたことに気づいたらしい。

最初に振り返ったのは若い男で、その顔にはやはり見覚えがあった。以前酒に酔った状態で屋敷にやってきて、ロイドに追い出されたあの若い男である。

またきたのかと苦言を呈したかったが、そう出来なかったのは続いて振り返った老いた紳士の顔を見たからである。

「ドレイク伯爵……ですか……？」

エマの質問に仰々しくうなずいたのは、ロイドの父親グレッグ＝ドレイク伯爵だったのだ。

そして彼の傍らに立っているのは伯爵夫人に間違いない。

（と言うことは、あの若い男はロイドの弟のランスだったのね）

見覚えがあったのは若い頃何度か話したことがあったからだろう。

伯爵夫妻に援助を求めたときは会わなかったが、成長した彼は伯爵夫妻とそっくりで、よく見ればロイドともどこか顔立ちが似ている。

しかし三人の雰囲気はロイドとはまるで違う。不遜な態度を崩しもせず、伯爵夫妻に至っては憎々しげな顔でエマを見つめていた。

「ようやく話がわかりそうな奴が来たな」

挨拶もなく、失礼な物言いで伯爵はエマの方へと歩いてくる。

礼儀としてエマの方は会釈したが、伯爵は反応さえしなかった。

「ロイドはどこだ」

一方的に話し始めた伯爵に、さすがのエマもむっとする。だがまずは事情を聞くべきだろうと思い直し、冷静な表情と声を心がけた。

「ロイドは急用で出ておりますが、何かご用ですか？」

「お前には関係ないことだ。外にいるなら、今すぐ呼び戻せ」

「突然言われても困ります。それにご用なら事前に連絡があってしかるべきでは？」

「会いたいと連絡をしたのに、それを握りつぶしたのはそちらだろう」

伯爵はエマを見つめる顔を、忌々しげにゆがめた。

彼の言っている意味がエマには何一つわからないが、こちらを一方的に恨んでいることだけはなんとなく察する。

「一度破棄した婚約をちらつかせ、将来有望な息子を利用しているのだろう」

「仰《おっしゃ》っている意味がよくわかりません。利用も何も、ロイドは自主的に我が領地に投資をしてくださっています」

「しているんじゃなくて、させているんだろう。そもそも息子には、投資や事業などを行う理由がない」

「理由がないとはどういう意味です？」

「あれはベルフォードの未来の王族だぞ！　それが、はした金ほしさに事業投資などするか！」

伯爵の言葉に、エマは戸惑い息を呑む。驚いたのはリズも同じだったらしく、どういうことかとエマを見た。しかし事情がわからないのは、エマも同じだ。

「息子はベルフォードでいくつもの勲章と侯爵の位を貰い第一王女と婚約も決まっている。にもかかわらず、こんなところにいるのは、お前らが無理矢理息子を利用しているからだろう！」

利用などしていないと言いたかったのに、エマは何一つ言葉が出てこない。

（婚約者……それも相手は王女……？）

そんなわけがないと思う一方で、今までに漏れ聞こえてきたロイドの過去を思うと、あり得ない話ではない。

無敵艦隊を率いていたという言葉が嘘でなかったのだとしたら、彼はきっと戦争の英雄だ。また前に誰かが、戦争の功績からベルフォードでも爵位を与えられていること、王の覚えもめでたく、おかげで国外に出てもなお爵位を剥奪《はくだつ》されないでいるという話をしていた。

ベルフォードは血筋よりも個人の資質を重要視する国だと言うし、ロイドの為《な》したことが本当なら、王女と婚約の話が出てもおかしくはない。

（もしかして、ロイドが本当に隠したかったのはこれだったの……？）

自分の過去が明らかになれば、自《おの》ずと婚約のことも明るみにでる。それを恐れ、ロイドは過去を何一つ告げなかったのではないかという疑念がエマの中に生まれる。

（なぜ、私に話してくれなかったの……？）

そんな疑問と共に、エマの脳裏に浮かんだのは復讐という言葉だった。

もしエマに本気で復讐をするつもりだったのなら、王女との婚約をうまく利用しようと考えていたとしてもおかしくない。

（でも信じたくない。だってロイドは復讐が本意じゃないって言っていた……）

だから何か別の理由があるのだとエマは信じたかったのに、信じるに足る確信が彼女には足りなかった。

ロイドはいつも甘く微笑みエマを恋人のように扱ってくれたが、肝心の愛の言葉を囁かれたことは一度としてないのだ。

「ずいぶん驚いているけれど、もしかして息子の婚約を知らなかったのかしら？」

こちらの動揺を察したのか、あざ笑うような声で伯爵夫人が話しかけてくる。自然とうつむいていた顔を上げれば、夫人の美しい顔には下卑た笑みが浮かんでいる。

「もしかして、何も知らずに自分が婚約者面をしていたの？　だとしたら、あなた相当滑稽ね」

夫人の言葉が、エマの心を容赦なく抉る。

ショックに立ち尽くすエマを見て楽しむように、夫人は小さく笑った。

「……ちょっと、姉さんを馬鹿にしないで！」

そこでリズが声を荒げ、エマと夫人の間に割り行ってくる。

「リズ、だめよ」

彼女は今にも夫人につかみかかりそうだったが、それをエマが止めた。

「なんで止めるのよ！　いくら何でも、この人たちあまりに失礼だわ！」

「だとしても、乱暴してはいけないわ」

内心は驚きと戸惑いでぐちゃぐちゃなのに、口からこぼれた声は不思議と冷静だった。

そしてエマはリズを落ち着かせ、玄関の扉を改めて開ける。

「ともかく今日はお帰りください。ロイドはすぐには戻ってこられませんし、伯爵様の来訪は伝えておきますので」

エマの対応に伯爵たちは不服そうだが、ひとまず納得はしたのだろう。

「帰ろう父上。ロイドが帰ってこれない事情でもあるんだろう」

促したのは弟のランスだった。彼は母親同様にエマを馬鹿にしたような笑顔を浮かべ、いち早く玄関の方へと歩き出す。

だがエマの側をすり抜ける直前、彼はおもむろにエマの肩に手を置いた。

そして彼は、耳元で卑しく囁く。

「兄貴に捨てられたら俺のところに来いよ。元々あんたは俺が貰うって話もあったし、昔の無様な姿ならともかく、今なら相手だってしてやる」

最後の最後まで失礼な態度を崩さぬまま、ランスは屋敷を出て行く。

それに続いて伯爵夫妻が出て行くのを、エマは無言で見送ることしか出来ない。

「……あの人たちの言うこと、絶対嘘だよ」

三人が出て行った扉を乱暴に閉め、振り返ったリズがエマに声をかける。

彼女が自分を心配してくれているとわかったけれど、今のエマには気遣いに礼を言う余裕もなかった。

伯爵から聞かされた話が頭の中を回り続け、思考も気持ちも凍りついたまま動かない。

怒りとも、悲しみともつかない感情が胸の中には渦巻いていたが、それを表に出すことも出来ずエマはぼんやりと立ち尽くすばかりだった。

「お姉ちゃん……？」

物言わぬエマが心配になったのか、リズがそっと肩に手を置いてくる。

そこでようやく我へと返し、エマは妹に目を向けた。

（そうだ、屋敷に鉱夫たちを招くこと……伝えないと……）

なんとか冷静になると、最初に浮かんだのは自分のすべきことだった。ロイドのことは気になるが、深く考えようとすると頭が混乱し身動きが取れなくなる。

それを自然と身体が察したのか、無意識のうちに頭はロイドのことを追い出していた。

そしてエマはリズに事情を説明し、鉱夫たちを迎え入れる準備を始める。

使用人たちに指示を出すその姿は逆に冷静すぎて、手伝いをしていたリズがずっとエマに心配そうなまなざしを向けていた。

けれど今のエマにはそれに気づく余裕はなく、彼女はまるで何かから逃れようとするように、朝まで忙しく働き回っていた。

◇◇◇　◇◇◇

遠く、男たちの楽しげな笑い声が響き、エマはゆっくりと顔を上げた。

(あれ……私……)

男たちの声にリズの笑い声も重なり、そこでエマは昨晩の出来事を思い出す。

こわばった身体を動かしながら周りを見ると、彼女がいるのは居間だ。

(そういえば、ここで少し仮眠を取ろうって思ってたんだ……)

時計を見ると、眠っていたのは二時間程らしい。

伯爵たちを追い出したあと、エマはリズと協力し鉱夫たちを迎え入れる準備を整えた。その後総勢五十人ほどの男たちが屋敷を訪れ、彼らから事情などを聞くうちにすっかり夜も更けてしまったのだ。

軽傷ではあるがやけどを負っている者もおり、彼らの手当てをしたり食事を用意している間に更に時間は過ぎ、結局少し眠ろうと思ったのは明け方だ。

ちなみにロイドは、まだ帰ってきていない。一応火は消えたが、出火元に不審な点があるらしく調査などをするため、今晩は屋敷に戻らないとのことだった。

それに心のどこかでほっとしつつも、身体と心は落ち着かず、部屋に帰ればロイドとの触れあいを思い出してしまう。そこに伯爵が放った言葉が重なると、不快でたまらなかったから、あえて居間で短い仮眠を取ることにしたのだ。

隠していたのにはきっと事情がある。それか伯爵の言葉は嘘だという可能性もある。そんな言葉でごまかそうとしても不安はつきなくて、エマはソファに身を預けながら大きなため息をこぼした。

そうしていると再び眠くなってきて、エマはゆっくりと目を閉じる。そのまま夢とうつつを行き来していると、不意に何かがそっと肩にかけられた。

同時に馴染みのあるぬくもりが、エマの頬をそっと撫でる。その心地よさにうっとりしかけた瞬間、不安と恐怖が身体の中に渦巻き、エマは無意識に腕を突き出していた。

「……いや！」

突然こぼれた自分の声に驚き、エマは淡い眠りから覚醒する。

顔を上げると、目の前にいたのはロイドだった。エマの腕に突き飛ばされた格好で、彼もまた驚きに固まっている。

「すまない、驚かせたか……？」

彼の方が先に我に返り、体勢を立て直す。

そこでエマの意識は完全に覚醒するが、ロイドの顔を見るなり思考も身体も固まってしまう。

「……エマ？」

戸惑うように、ロイドがソファに横たわっていたエマの側に膝をつく。

火事の現場から帰ってきたばかりなのか、彼からは煙の匂いがしている。声も少しかすれているし、彼もまた消火に加わったのかもしれない。

尽力してくれた彼をねぎらいたい気持ちが芽生えたが、伯爵の言葉がよぎりロイドと目を合わせることすら怖くなる。

今はまだロイドの顔を正面から見ることが出来ない気がして、エマは慌てて身体を起こし、視線をさりげなくそらした。

「お、おかえりなさい」

「ただいま。昨晩は、色々と大変だったね」

ロイドの言葉に、エマはなんとかうなずく。ひとまず、視線さえ合わせなければ会話は出来そうだった。

「火事の方は……もう平気なの？」

「ああ。だが少し不審な点があって、イーゴやヴィレルと協力して調べていたんだ」

「不審な点って、何があったのか……？」

「まだ色々と調査中なんだ。だから、またあとで説明するよ。君を不安がらせたくないし」

あえて詳細を語らないのは、きっとロイドの気遣いなのだろう。しかし今は、その気遣いに僅かな苛立《いらだ》ちを覚えた。

（また、そうやって大事なことを教えてくれないのね……）

不満がため息となってこぼれ、ロイドが僅かに身じろぐ。

「何か、あったのか……？」

エマの気配がいつもと違うと察したのか、ロイドがすぐさま尋ねてきた。

何もないと咄嗟に嘘をついたものの、我ながら声には覇気がなく説得力がまるでない。

「本当に……何もないの……」

それでもなお更に嘘を重ねたのは、伯爵が話していたことを冷静に尋ねる自信がなかったからだ。今口火を切ったら感情的になるのは目に見えたし、それで二人の関係が今以上に拗《こじ》れたらと不安だった。

「……エマ、俺を見てくれ」

しかしエマは冷静になろうと努めているのに、ロイドがそれを許してくれない。

「何もないわけがない。顔色も悪いし、帰ってきてから一度も俺の顔を見てくれないじゃないか」

身を乗り出し、ロイドはエマの顎に手をかける。

いつものように自分の方へと上向かせようとしているのはわかったが、そんな触れあいさえ今は身体と心が拒否してしまう。

「ごめんなさい、少し一人にして……」

「嫌だ。何かあったか聞くまでは離れない」

「今は何も話したくないの」

「でも隠し事なんて君らしくない。何か、困ったことがあるんじゃないか？」

ロイドは心配しているだけだとわかったが、彼の追及にエマは苛立ちを抑えきれなくなる。

「……私らしくないんだとしたら、きっとあなたの癖が移ったのよ」

冷静でいようと努めていたのに、口から出た言葉はとげとげしい物だった。

不満をロイドにぶつけてしまう自分に嫌悪感を抱きつつも、一度こぼれてしまった言葉は取り消せない。

「それは、どういう意味……？」

「だって、隠し事はあなたの得意分野でしょう?」

「隠し事なんて……」

「しているでしょう。昨晩、あなたのご家族が来て教えてくれたの。あなたはベルフォードの侯爵様で王女様と婚約してるって」

エマの言葉に、ロイドの顔に浮かんだのは激しい動揺だった。ずっとエマをうまくだましていたくせに、彼はここに来て嘘を隠せなかった。

「やっぱり、隠し事をしていたのね……」

「違う、そういうつもりじゃないんだ。どうか説明させてくれ!」

普段はあまり取り乱すことのないロイドが、エマの言葉にひどく慌てていた。

その表情やかすれた声が、伯爵の言ったことは真実なのだと雄弁に語っていた。

「隠していたのは、私が一番傷つくタイミングで婚約していたと言うつもりだったから?」

「そんなわけないだろう! 確かに婚約の話はあったが、俺は断ったんだ」

「その話を信じろって言うの?」

「俺には君だけだ。それはもう十分伝わっているだろう?」

同じ台詞を聞いたのが昨日だったら、エマはきっと伝わっていると言えた。

でも今は、何もわからない。大きな隠し事をされていると知ってしまった瞬間から、全ては変わってしまった。

「私、あなたがわからない。復讐は建前で、本当は私のために来てくれたんだって最近は思い始めてた……。でも今は、私がそう信じたかっただけなんじゃないかって……」

「君が思う通りだよ。俺は君のために来たんだ」

「……じゃあなんで隠し事をしていたの？　それに自分のことを話さないの？」

エマが尋ねると、ロイドは苦しげな顔でぐっと胸を押さえる。

何かをこらえるような表情は、まだ何かを隠そうとしているようにも見えた。

この期に及んでも何も言わない彼に、エマは婚約の話を聞かされたとき以上に深く心が傷つくのを感じる。

「……やっぱり、あなたは私の王子様じゃなかったのね」

そして自分もロイドのお姫様ではなかったのだ。

それが悲しくて、つらくて、エマはロイドの身体を押しのけ立ち上がる。

「エマ、待ってくれ！」

慌てて摑まれた腕を払い、エマはその場から駆け出していた。

しかし乱暴に扉を開け、廊下に出たところでもう一度ロイドに腕を摑まれる。

「お願いだ、話をさせてくれ……！」

「嫌よ。もう、何も話したくない！」

そこでもう一度、エマはロイドを突き飛ばそうと腕を払う。

正直、無駄なあがきだとはわかっていた。大柄なロイド相手にエマがいくら本気を出しても、彼はびくともしないだろう。

それでも、エマは自分が怒っているのだと示したくてあえて強く彼の身体を押しのける。

「……エマ、待って……ッ」

だがそこで、予想外のことが起きた。エマに突き飛ばされたロイドが、壁にぶつかりその場にずるずると頽れたのだ。

「どうか、話……を……」

その上彼の声はかすれ、喉からは咳と苦しげな呼吸音がこぼれ始める。

そのまま、彼は胸を押さえながら苦しげに身体を折る。

ただ事では無いとわかったが、突然のことにエマはただ立ち尽くすことしか出来ない。

「ちょっと、あんたたち何してるの⁉」

凍りついていたエマを、はっと我に返らせたのはイーゴの低い声だった。

彼は驚いた表情でこちらに駆け抜てくると、ロイドの側に膝をつく。

「ああもう、だから無茶するなっていったじゃない！」

ロイドの背中をさすったあと、灰で汚れた彼のジャケットからイーゴが何かを取り出し、ロイドに飲ませようとする。

だがその腕を払い、ロイドはなおも立ち上がろうとした。

「……エ、マ……」

苦しげに咳き込みながら、ロイドの声が何度も何度も名前を呼ぶ。しかし結局彼は立ち上がることが出来ず、苦しげに背中を丸めながら顔を伏せる。

震える背中から深い後悔と悲しみを感じ取り、エマは慌てて彼の側に膝をついた。

「……ロイド」

だがようやく名前を呼び返したときには、すでにロイドの意識は薄れかけていた。

「どうしよう……私……」

「大丈夫よ。これくらいまだ軽い発作だし、大丈夫だから」

「発作って、どうして……」

思わずこぼれた言葉に、イーゴが何かを言いかけて慌てて口をつぐむ。戸惑うような表情を見て、エマは彼が何か知っているのだと気がついた。

（また、私だけが知らない……）

その事実に打ちのめされながら、エマはロイドの震える背中を見つめる。

彼が少しでも楽になるように、その背をさすりたかった。

だが伸ばした手は背に触れる寸前で止まってしまう。そしてエマは何も出来ぬまま、ただただロイドの側に膝をつくことしか出来なかった。

第六章

目が覚めたとき、ロイドは暗い部屋の中にひとりきりだった。

自分がベッドに寝かされていると気づいた彼は、思わず自嘲の笑みをこぼす。

（……俺はまた、この部屋で無様に寝込んでいるのか）

熱が高いのか、身体は思うように動かない。動いたとしても、今の彼には身体を起こす気力も無かった。

そこでもう一度目を閉じると、倒れる前に見たエマの泣きそうな顔が浮かぶ。

「……どうして、こんなにもままならないんだろうな」

脳裏に焼き付いた顔を遠ざけたくて、ロイドは再び目を開けた。

エマの顔は消えたが、気分は晴れない。それどころか、ぼんやりと天井を眺めていると、今度は幼い頃の苦い記憶が蘇ってくる。

幼い頃、ヒル家で暮らすようになってしばらくの間、ロイドはこの天井ばかり眺めていたように思う。

ろくにベッドからも起き上がれず、常に熱と咳に苦しみ、自分はいつ死ぬのだろうかとそればかり考えていた。

両親にも見放され、自分には生きる価値などないと思っていた時期もある。

でも全てを投げ出さずにすんだのは、鬱々としていた日常に、光をもたらしてくれた存在がいたからだ。

（エマ……彼女だけが、俺の希望だった）

ロイドを『王子様』と呼び慕い、笑顔を向けてくれたエマ。

彼女は幼いながらもロイドの不幸に気づいていたのだろう。どんなときでも彼を励まそうと明るく話しかけ、無邪気な愛情をまっすぐに向け続けてくれた。

エマはいつも優しくて、純粋だった。そしてそれがロイドに生きる希望を抱かせたのだ。

でも純粋な少女に、ロイドは辛い選択をさせてしまった。

突然婚約を破棄すると言われたとき、ロイドは彼女が自分のためにそうしたのだとすぐにわかった。わかっていたからこそ、エマにそこまで言わせてしまった自分があのときは許せなかった。

故にもう二度とエマを泣かせないように、今度こそ自分の手で彼女を幸せにするためにベルフォードに渡り、十四年もの長きに渡ってずっと努力を続けてきたのだ。

（でも結局、俺はまたエマを苦しめてしまった……）

自分はまた、過去と同じ間違いを繰り返しているのかもしれない。

息苦しさに顔をしかめながら、ロイドはゆっくりと目を閉じる。

そこで咳が二、三度こぼれ、忌々しさに拳を握った。

（あと少し……もう少しだったのに……どうして……）

今も昔も、あと少しというところでロイドは望みに手が届かない。

「……あら、ようやく目が覚めたみたいね」

そんなとき、誰かが部屋へと入ってきた。

エマであってほしかったが、聞こえてきた声はロイドが望む物ではない。

「よりにもよって、目覚めて最初に聞くのがお前の声なんて最悪だ……」

うんざりしつつ横を見ると、ロイドを観察しているのはイーゴだ。

「起き抜けに失礼なことが言えるってことは、元気な証拠ね」

「これが……元気に見えるか？」

「自業自得でしょう。自分から倒れるようなところに突っ込んで」

でもアタシは止めたわよというイーゴに、ロイドは苦笑を向ける。

「とりあえず、今出てる熱は疲労から来る物だって。ただ咳がひどいから、しばらくは安静にしてた方が良いわよ」

「そんなわけにも行かないだろう。今すぐにでも火事の件を……」

「でもこのまま無理したら、あんたの身体はもっと悪くなるわよ」

イーゴの言葉に、ロイドは言いたい言葉を呑み込む。

「医者が話していたけど、肺の具合はあんまり良くないんでしょう？　なのにどうして、こんな無茶をしたのよ」

「良くないからこそだ。……まだマシなうちに、すべきことをしたかった」

胸を押さえ、そこでロイドは再び咳をこぼす。

自分の身体があまり良くないのは、誰よりも彼自身がわかっている。

それでもなお、帰国をしたのは全てエマのためだ。

「あんたが倒れたら、エマは悲しむわよ」

「けど、何もせずはいられなかったんだ……」

本当ならば、ロイドだってこんな身体で会いに来るつもりはなかったのだ。

完璧に身体を治し、もう一度プロポーズをするのがロイドの抱いていた夢だった。

そしてそれは、一度は叶いかけていた。ベルフォードに渡った後、治験に参加したことで病気は治ったはずだった。

だからこそ身体と心を鍛えて軍に入り、そこで身を立て、数々の武勲を打ち立てようと思ったのである。軍での活躍がいずれエマを支える礎になると信じ、戦争にも恐れず身を投じた。

そうしてエマにふさわしい地位と名誉を得たのに、終戦の直後から彼の身体は再び病に冒されていた。

再発したと宣告されたときの絶望を、ロイドは今も忘れられない。当時の悔しさを思い出しながらぐっと歯を食いしばっていると、また咳が出始める。

胸を押さえながら、彼はもう片方の手で自然とシーツの波を探った。

ここ最近はずっと、彼の隣にエマがいてくれた。だからそのぬくもりを探しかけて、ロイドは自分が一人だと思い出す。

冷たいシーツを握りしめていると、ようやく咳は落ち着いた。だが寂しさは、どうしても拭えない。

そんな彼をイーゴが心配そうに見ているのに気づき、ロイドは彼を安心させようと小さく微笑む。

「こんなことなら、あのときエマと車を降りればよかったと、少しは後悔してるよ」

「そこもだけど、あんたはもっと別のことも後悔した方が良いわね。そんなだから、エマに振られるのよ」

「今日はなんだか辛辣だな」

「二人きりだし『部下の振り』をする必要は無いでしょう?」

顔に似つかわしくない可愛らしいウインクをしてくるイーゴに、ロイドはうんざりする。

「今も昔もお前は俺の部下だろう」

「部下であり親友でしょう？　あんたのピンチ、アタシが一体何回助けてあげたと思っているの？」

イーゴの言葉に、ロイドは何も言えず黙り込んだ。

実を言えば、イーゴとは治験を受けていた頃からの仲なのだ。

彼はこう見えてベルフォードの王族にも連なる由緒正しい貴族で、ロイドと同じ肺の病を患っていた。

とはいえ出会ったときは彼の血筋などもちろん知らず、初対面の印象も最悪だった。

同室だったイーゴはロイドより軽症の癖につらい苦しいと日々呻き、昼も夜もとにかくうるさい。にもかかわらず周りはとがめず妙にちやほやするので、ロイドは腹立たしく思っていたのである。

自分は死ぬのだとうじうじ悩む姿にうんざりしすぎた結果、ロイドはかなりきつめの嫌みと叱咤《しった》をイーゴにお見舞いしてしまった。

その後彼の素性を知って血の気が引いたが、なぜだかイーゴには逆に好かれ、以来二人は友人となったのだ。

その後「お前が軍に入るなら俺も入る」と言い出し同時期に軍に入ったが、ロイドの方が先に出世し最終的にイーゴの上官となったのだ。

エマには二人の関係を隠していたが、実はずっと部下としてロイドを補佐してくれており、それは軍を退役した今も変わらない。

「お前には、いつも感謝しているよ」

「全然そんなそぶりないじゃない。アタシが陛下を説得しなきゃ、あんた今頃好きでもないお姫様と結婚させられてたのよ？」

「……それも感謝している」

その言葉は事実だったが、イーゴの言葉にエマともめてしまったときのことを思い出し、苦い気持ちになる。

こういうとき、なんだかんだ付き合いの長いイーゴは聡《さと》い。

「感謝してるならアタシの言うこと聞いて、自分の黒歴史をエマに話しておけばよかったのに」

「黒歴史はひどいな……」

「あんたにとってはそうじゃない。エマの王子様になるはずがホンモノの王子様にされかけたって」

イーゴのニヤニヤ顔にうんざりし、彼を押しのけたい気持ちになる。

だが思うように腕は上がらず、身体を動かすと軽い咳がこぼれた。

「それに病気のことも、ちゃんと言うべきだったんじゃない？」

「うるさい……」

「男の見栄？　意地？　理由は知らないけど、ちょっとかっこ悪すぎない？」

「お前の方が辛辣じゃないか」

「だって、あんたの嘘のせいでうちの大事なエマが傷ついたんだし」

「家族面するなよ」

「家族みたいなもんよ。それに、アタシをエマのところに差し向けたのはあんたでしょ？　だからエマのことであんたを叱る権利はあるわ」

イーゴの言葉にむっとしつつも、咳が重なり返事は出来ない。

確かにロイドはイーゴをエマの元に送った。その理由は、病で動けなくなった自分に代わり、陰ながら彼女を見守り、状況を報告させるためだった。

おかげでハワードの死を知ることが出来たが、まさか彼がちゃっかりエマの家に居座り、家族のように仲良くなるとは思っていなかった。

正直、イーゴはエマの理想を絵に描いたような体型だから、ロイドとしては彼女に会わせたくなかったのだ。

だから見守るのは陰からにしろと念を押していたが、気のいいイーゴは日々苦労を重ねるエマたちをただ見ていることが出来なかったのだろう。

イーゴのお節介は功を奏したと言えるし、手を貸した判断も間違っていなかったと今は思う。ベルフォードの僻地で療養していたロイドの元にエマの情報が届くまでには時間もかかるし、実際手紙の行き違いが何度も起こりイーゴが家令になったことさえ知らなかったのだ。

「ねえロイド。あんたもそろそろエマの家族になる覚悟を決めたら？　裏で色々画策して、大事なこと隠して、そんなんじゃ幸せになんてなれないわよ」

「好き勝手言うなよ。そもそも、俺は……」

イーゴに抗議したかったが、声を張り上げた途端に咳がひどくなり、今度こそ完全に喋れなくなる。

同時に身体が火照り、ロイドはぐったりと枕に頭を埋めた。

（少なくとも、ここに来たのは幸せになりたいと思ったからじゃない……）

声にならない言葉を心の中でつぶやいて、ロイドはゆっくりと目を閉じる。

（俺はエマが幸せになるのを見に来たんだ……。俺が幸せになりたかったわけじゃない）

軍にいた頃は、エマに似合う男になってもう一度求婚しようと思っていた。けれどその思いは、病が再発したときに諦めたはずだった。

病気は治療すれば治ると言われていがそれには数年かかるし、ハワードから送られてきた手紙や写真に写るエマは美しい盛りだった。

その間彼女が独り身でいるわけがない。だから諦めようと、あのときは本気で思ったのだ。

とはいえエマを支えたいという思いは消えなくて、せめて彼女に何かしたくて、病気をおして会社を立ち上げ金銭的な援助をしようと彼は決めた。

ただ会社自体はうまくいったがロイドの身体が持たず、結局ここ一年ほど彼は療養所で過ごす羽目になったのだ。

空気の良い場所で安静にし、薬を飲んでいたおかげでロイドの身体はだいぶ復調した。今度こそ完治する可能性も高いと、医者にも言われていた。

けれど完治して、その後どう生きるのかという迷いがロイドの中にはずっとあった。

病気を治したかったのも、身体を鍛えたのも、金と名誉を求めたのも全てエマに似合う男になりたかったからなのだ。

でも病が治った頃にはエマはきっと結婚している。だから健康な身体なんて意味が無いと、ロイドは本気で考えていた。

だからこそ、イーゴからハワードが死んだという報告を受けたとき、ロイドはすぐさま治療を放り出し帰国を選んだのだ。

だが彼の手紙も手違いですぐには届かず、ハワードの訃報を知ったのは彼が亡くなってから一年もたってからだった。

彼の代わりにエマが一人で領地を切り盛りしていると聞き、ロイドは病が悪化する覚悟で彼女の元に帰る決意をしたのである。

その準備の過程でエマたちがダイヤモンドの採掘を行おうとしていると知り、ロイドは出国と共に事業に必要な物を調べ上げ、すでに用意までしていた。

だが帰国を決めてもなお、ロイドには一つ不安があった。もちろんエマのことである。

イーゴの手紙には結婚しているかどうかは書かれていなかったし、婚約者がいるかどうかすらわからない。

でもきっと顔を見れば、ロイドはエマがほしくなる。たとえ彼女が誰を愛していても、自分の物にしたくなってしまう。

そんな自分をきっと隠せない。それがわかっていたから、ロイドは『復讐者』と名乗ることにしたのだ。

愚かな自分にエマが気を許さないように。何より自分自身に、エマを諦めるようにと言い聞かせるために『復讐』という予防線を張ったのだ。

（でも結局、俺はまだ諦めきれてはいなかった……）

エマがまだ独り身だと知って。自分を見つめるまなざしに愛情があるとわかってしまって、そして止められなくなった。

幼い頃と変わらず、彼女は自分をまだ王子だと信じ慕ってくれている。

それがわかって舞い上がり、超えてはいけない一線を何度も超えかけて、慌てて引き返すことを繰り返した。

だがエマと愛し合える可能性が高まるほど、ロイドは怖くなった。

病の身ではエマにふさわしいと思いきれなかったのだ。

そしてエマも、自分がロイドにふさわしくないと思っているそぶりが見受けられた。

長く貧しい生活のせいで、エマは自分に自信を失い後ろ向きだ。そんな彼女にはベルフォードで得たロイドの地位は気後れの種に見えた。

だからこそ、ロイドは必要以上に自分の過去を見せるのを避けたのだ。

（でもそれが結局エマを傷つけて、俺は何をやってるんだ……）

ロイドは選択を誤った。それを謝りに行きたいのに、今は身体も動かない。

あまりの情けなさにため息をこぼすと、イーゴが小さく笑う気配がした。

「まあ、反省はしてるみたいだから許してあげようかしら」

「許すかどうかは、お前じゃなくてエマが決めることだろう」

「じゃあもし、エマが許さないって言ったらどうするつもり？」

「そのときは、諦めるしかない」

もし許してくれたとしても、どのみちロイドはそろそろ決断すべきなのかもしれない。

どっちつかずの態度と嘘が彼女を傷つけたのなら、はっきりと自分の心を決めるべきなのだ。

「なあイーゴ、エマは……前よりずっと綺麗になっただろ？」

「それは誰かさんが、愛した結果でしょ」

「エマ自身が元々綺麗だっただけだよ」

ロイドは、愛を持ってエマを磨き上げた。でも彼女を美しく飾り、愛するたびに、心のどこかではいつか彼女を手放すときのことを考えていた。

もちろん独占したいという気持ちはあったし、それを言葉にしたこともある。

それは、あえて言葉にすることで自分を戒めたかったからだ。

(エマを……彼女を本当に幸せに出来る王子様は俺じゃない)

彼女を幸せに出来るのは健康で、嘘もつかず、エマを決して傷つけないそんな男だけだ。

一つとして当てはまらない自分は、彼女の王子にはなれはしない。

「今の彼女ならきっと、素敵な王子様を見つけるだろうな」

ロイドは静かに言葉をこぼし、目を閉じた。

熱が上がってきたのか意識が混濁し、彼はゆっくりと眠りへ誘われる。

「……そうね。エマはいい女だもの、最後はちゃんと自分を幸せにしてくれる王子を見つけると思うわ」

遠く、イーゴがこぼした言葉にロイドの胸が僅かに痛んだ。でも今の彼に出来るのは、その痛みに気づかぬふりをすることだけだった。

どんなにつらい出来事が起きても、時間は止まらない。

幼い頃から身をもってそれを知っていたエマでも、こんなにも毎日がつらいと感じるのは初めてだった。

「お姉ちゃん、決算の書類ってこんな感じで大丈夫？」

気落ちしたエマの様子につられているのか、近づいてくるリズもなんだかいつもと雰囲気が少し違う。

今二人は、屋敷の側に立てられた事務所の中で書類作業に追われている。

火事の夜から今日で三日。ロイドはまだ復調せず、熱を出してずっと寝込んでいる。

イーゴの話では熱は疲労から来る物で、安静にしていれば大事は無いとのことだった。

だがまだ熱も高く、ベッドから起きられない彼に代わって、この三日はエマが仕事の肩代わりをしていた。

リズも手伝ってくれているが、書類仕事が苦手な彼女は正直戦力になるとは言いがたい。

しかし今日はイーゴが別の仕事で事務所に来られないため、代わりにと頑張ってくれている。

「書き損じとか……ある？」

「いっぱいあるわ」

「うぅ……やっぱり私、ペンよりツルハシの方が得意みたい」

「どう考えても、ペンの方が持ちやすいのに」

苦笑しながら、エマはリズの書類の不備を直していく。正直手間ではあるが、苦手な書類仕事を手伝ってくれるのは自分のためだとわかっているので文句は言わない。

そして一通りの確認を終えると、エマは笑顔で礼を言った。

「あとは私が直しておくから、リズは先に寝て良いわよ。夜ももう遅いし」

「ならお姉ちゃんだって休んだ方がよくない？　ここ数日ずっと事務所に籠もりっぱなしじゃない」

「やることは山積みだし、仕事をしている方が色々気も紛れるから」

「……仕事中も気になるほどロイドさんが心配なら、顔を見に行けばいいのに」

リズがこぼした言葉に動揺しながらも、エマは聞こえなかったふりをした。

これ以上この話をしたくないという空気を出せば、いつものリズはすぐさま引いてくれる。

けれど今日は何か言いたいことがあるのか、あえて無理矢理エマの視界に入ってくる。

執務机に顎を乗せ、じっと見つめてくる妹の視線をさすがに無視することは出来なかった。

「……何？」

「ロイドさんのことが心配でたまらないくせに、なんでそんなに意地を張るの？」

「意地なんて張ってないわ……」

「じゃあこのままでいいの？　ロイドさんの身体があんまり良くないって、お姉ちゃんだって気づいてるんでしょ？」

リズの言葉に、エマは何も言えず目を伏せる。

（もちろん気づいてるわよ。でも……）

気づいて心配してるからこそ、エマはこの三日間ロイドの元へ行かなかったのだ。

ロイドが咳き込みながら倒れたとき、イーゴは「火事の煙を吸い過ぎたせいだ」とエマに告げた。

そこに日頃の疲労が重なったのだとも説明されたが、多分それだけでは無いとエマはもう気づいている。

（あの咳の仕方、昔と一緒だった……）

このところ、彼は時折咳き込むことが多くなっていた。昔のように寝込むことは無かったし、咳き込んでもすぐ回復するので見逃していたが、変調は確かにあったのだ。

（でも、もしそうならロイドの病気は……）

頭に浮かんだ可能性を、エマは慌ててかき消す。

否定しても何も変わらないとわかっているけれど、もしもの可能性をエマは受け入れるのが怖いのだ。

だからこそ、エマはまだロイドと向き合えていない。

そこをリズもわかっているのか、彼女はいつになく真面目な顔でエマを見つめた。

「ねえ、一度ちゃんとロイドさんと話した方が良いよ」

「でも寝込んでる人をたたき起こすわけにはいかないでしょ」

「それ、絶対言い訳。代わりに事情を説明するって言ってたイーゴの話だって無視したし、単純に逃げてるだけでしょ？」

「あれは、どうせ話を聞くのなら本人の口から聞きたいって思っただけで……」

「でもロイドさんが起きたら、お姉ちゃんまた別の理由をつけて逃げると思う」

「……そんなことないわよ」

否定はしたが、声には覇気が無い。これでは嘘だと言っているも同じだ。

自分でも呆れるほど下手な誤魔化しを、リズが無視できるわけもない。彼女はそこで、更に身を乗り出した。

「どうするかはお姉ちゃんが決めれば良いと思うけど、でも一つだけ言わせて」

真剣な声と共に、リズはエマが手にしていた書類を奪った。

自然と顔を突き合わせる形になり、エマはまっすぐなまなざしに少し臆する。

「あのね、お姉ちゃんはもっと自分勝手になった方が良いと思う」

リズの言葉に、エマは少し戸惑った。てっきり叱るような言葉が飛び出すかと思っていたのに、リズの声は意外なほど穏やかだったのだ。

「お姉ちゃんって、いつも色んなことを我慢してるじゃない。言いたいこともあんまり言わなくて、聞きたいことも聞かなくて、そのせいで色んなことが手遅れになってるように見えるの」

リズの言葉は、エマにとって手痛い物だった。

そのまま何も言えずにいると、リズはぎゅっとエマの手を取り握りしめる。

「だからもう、我慢するのやめなよ。例えばハワードお兄ちゃんみたいにさ、もっと自分の気持ちとか感情に任せても良いと思うの」

「でも、そんなの私には……」

「そういう遠慮とか躊躇《ちゅうちょ》とかやめて、ロイドさんにまっすぐぶつかってみるべきだよ。そして言いたいことは全部言っちゃえばいい」

力強い言葉と視線が、エマなら出来ると後押ししている。

それを察してもなお臆する自分に情けなさを感じつつも、リズの言葉にエマの心は確実に動かされていた。

（まっすぐぶつかる……か）

確かに、エマはずっと正面から彼にぶつかることを避けていたように思う。

彼が過去を隠そうとしているのはずっとわかっていたのに、一度否定されるとすぐに引いてしまっていた。ロイドを煩わせたくない、彼に嫌われたくないという気持ちに負けてばかりいた。

でも彼が好きなら、それでも臆せず聞くべきだったのかもしれない。

(私が一歩を踏み出さなかったからこそ、ロイドも何も言えなかったのかも……)

好きだからこそ知りたいと、ロイドの全てを受け入れたいともっと早くに言えば彼が嘘をつくことも無かったかもしれない。

ようやくそこまで思い至り、心が冷静になっていく。

そんなエマの変化に気づいたのか、リズはにっこり笑った。

「とにかくちゃんと話してみて。お姉ちゃんたちなら絶対うまくいくから」

言いたいことが言えてすっきりしたらしく、リズは持ち前の勢いの良さで事務所を出て行った。その勢いに呆れつつも、一人残されたエマは妹からの言葉を何度も何度も反芻《はんすう》した。

リズからの言葉に気を取られたせいもあり、その日の仕事は結局深夜までかかった。

エマが疲れ果てた身体で事務所の明かりを消したのは、夜明けも近い頃だ。

そのまますぐ屋敷に戻らねばと思ったものの、強い睡魔に襲われエマは応接用のソファに腰を下ろす。

（ここで寝るのはまずいけど……、さすがに部屋に戻る気力がないや……）

ほんの少しだけ休んでからいこうと思い、エマは目を閉じる。

でも休もうと思うと、脳裏をよぎるのはロイドのことばかりだ。

それも仕事場で目を閉じたせいか、ロイドと二人で夜遅くまで仕事をしていたときのことばかり思い出す。

ふと浮かんだのは、事業を興したばかりの頃のことだ。

寝る間もなく働いていたエマは時折寝落ちしかけることがあった。

（こうしてうつらうつらしてると、ロイドがいつも寝台まで運んでくれたのよね……）

毎回運ぶ途中で目を覚ましたけれど「お姫様をベッドに運ぶのは王子の役目だろ」と言われてしまい、エマはされるがままだった。

拒否することも出来たけど、そうしなかったのは多分嬉しかったからだろう。

そしてロイドも、エマを寝室に運ぶひとときを心の底から楽しんでいたように思えた。

『身体が丈夫になったら、今度は俺が君の世話を焼きたいって、ずっと思っていたんだ』

そう言って笑っていたロイドの顔が浮かび、エマはなんだか泣きたくなる。

（少なくとも、あの言葉は嘘じゃなかった……）

この数ヶ月、ロイドが側にいたのはきっと復讐が理由ではない。

そうでなければ、彼はあんなに幸せそうな顔でエマの側にはいなかっただろう。

冷静になればすぐにわかるのに、感情に任せてロイドを責めてしまったことが今は苦しい。

そしてその苦しみと後悔こそ、エマがロイドを避けている一番の理由だ。

（でもこのまま避けていても、何も変わらない……）

ロイドの隠していることを全て知ったら、エマは今よりもっと傷つきつらい気持ちになるかもしれない。

けれど全てを知らない限り、彼との未来はないのだと本当はもう気づいている。

（きっと何か事情がある……。ならそれを、私はちゃんと聞かないといけない）

覚悟を決めると、疲れ果てていたエマの身体に少し力が戻る。

心なしか勇気も湧き、今ならロイドとも話が出来そうだった。

（ひとまず今は屋敷に戻ろう。そしてロイドの様子も、今度こそちゃんと見に行こう）

そんなことを考えながら、エマはゆっくりと目を開けた。

だがそのまま立ち上がろうとしたとき、エマは入り口の外に誰かが立っていることに気がついた。

エマが帰ってこないことに気づいて、誰かが様子を見に来たのかもしれない。

（もしかして、ロイドが来てくれた……？）

僅かな期待を抱きながら席を立ったとき、事務所の扉がゆっくりと開く。

暗い部屋の中からは、扉を開けた相手は見えなかった。しかし闇の中に浮かび上がった影はひどく小柄でロイドやイーゴの物ではない。

「……くそ、まだ人がいたのか！」

響いたのは、若い男の声だった。目をこらしてもやはり顔は見えないが、深夜に屋敷を訪ねてくるほど親しい相手でないことはわかる。

「あなた、一体――」

「黙れ、おとなしくしろ！」

素性を尋ねるより早く、男がエマへと駆け寄ってくる。

そのまま口を押さえられた後、先ほど寝ていたソファにエマは押し倒されてしまった。

逃れようとするがそこで腹部を殴られ、痛みで身動きが取れなくなる。

「静かにしろ。言う通りにしないとひどい目に遭わせるぞ！」

乱暴な物言いと共に今度は頬をはたかれる。その激しさに意識が一瞬飛ぶと、その隙に男がエマを放り出し事務所に置かれていた書類を漁《あさ》りだした。

ぼやけた視界の中、懸命に目をこらしていると、男は机に置いた蠟燭の明かりを頼りに、契約書の類いを確認しては投げ捨てるのを繰り返している。

「くそ、やっぱ重要なもんは金庫の中か……」

吐き捨てるような言葉を聞く限り、どうやら男は何かを盗みに来たらしい。

（まずい……すぐ……逃げないと……）

そう思ったが、痛みは引かず身体は動かない。

そうこうしているうちに男はエマの元に戻り、無理矢理彼女の身体を引き起こした。

「おい、金庫の番号は！」

激しく揺さぶられながら、男が荒々しい声で尋ねる。

乱暴な物言いに恐怖を覚えたが、エマだって言いなりになるつもりは無い。

「……絶対に……教えないわ」

「また殴られたいのか！」

怒鳴り声と共に頬を打たれ、エマはもう一度ソファに張り倒される。

倒れた身体を組み伏され、口からは悲鳴がこぼれた。

それを黙らせようと男が腕を振り上げたのが見え、エマは咄嗟に顔を背ける。

「彼女から離れろ――！」

だが男の腕がエマの顔を打つより早く、ロイドの声が部屋に響く。驚いて動きを止めた男に、ロイドが突進したのはその直後だった。

二人はもつれ合って倒れ、エマはようやく身体の自由を取り戻す。

頬を打たれた痛みと衝撃で頭はクラクラしたが、ソファから身体を起こすことはかろうじて出来た。

ロイドと男がどうなったかが気になり、エマは立ち上がろうと膝に力を入れる。しかし逆に体勢が崩れ、ふらりと身体が傾いた。

「エマ……！」

倒れかけたエマを抱き留めたのは、慣れ親しんだ逞しい腕だった。

抱き寄せられ、腕の中に閉じ込められたことでエマの目から安堵の涙がこぼれる。

「ロイド……あの人は……」

「締め落としたからしばらくは動けない。だから、もう大丈夫だ」

もう危険はないと穏やかな声が告げる。震えるエマの背中を撫でさする大きな手のひらに、ようやくほっと息を吐く。

だがそこで、ロイドが大きく咳き込んだ。苦しげな息づかいに、今度はエマがロイドの大きな背中に手を添える。

「俺は……平気、だから……」

「でもまだひどい熱よ」

「けど、君の方が……」

「私は大丈夫……。大丈夫だから」

気がつけば男に殴られた痛みは消えている。今は自分よりもロイドが心配で、エマは彼をソファに座らせ苦しげに震える背中をそっと手で撫でた。

幼い頃にしたように、優しく手を動かすと次第にロイドの咳が治まっていく。

「エマ……俺は……」

ロイドはそこで何か言いかけたが、喋るにはまだ息づかいが荒い。彼に無理をさせたくなくて、エマは彼を安心させるようにひときわ優しく背中を撫でる。

「もう逃げないから……。ちゃんと話も聞くから、今は無理しないで」

諭すような声に、ロイドがそっとエマに身を寄せてくる。

そうしていると、外がにわかに騒がしくなる。多分先ほどの騒ぎに気づき、使用人たちが様子を見に来たのだろう。

程なくして、最初に事務所に入ってきたのはイーゴだった。彼は明かりをつけ、身を寄せ合う二人に気づいて動きを止める。

「あら、もしかしてお邪魔しちゃった？」

「……この状況で、よくそう言えるな」

ようやく喋れるようになったのか、ロイドが呆れながらソファの後ろで倒れている男を視線で示す。

イーゴが男の近づくのに合わせ、エマも自分を襲った男に視線を向ける。

明かりの下、初めてはっきりと男の顔を見た瞬間、エマは思わず声を上げる。

「え、どうして彼が……」

エマが驚いたのは、男に見覚えがあったからだ。

無様な格好で床に転がっているのは、ロイドの実の弟ランスに違いなかった。

「なんで、彼が……」

「多分俺への嫌がらせか、何かしらの脅迫をするために忍び込んだんだろう」

「嫌がらせ？」

「……こいつは、少し前からレッドバレーで色々と問題を起こしていたんだ。証拠が無くて捕まえられなかったが、この前の火事も多分ランスの仕業だ」

驚くエマを見て、ロイドは更に詳しく説明をしようとしてくれた。

だがそこで再び咳き込み始めたため、ランスを担ぎ上げたイーゴが説明を代わる。

「この男、銀の採掘に変わる新しい事業を興せと親から相当迫られていたみたいなの。ロイドの実家も、近年は廃鉱続きで経済状況がかなり逼迫していたでしょう？」

「でもそれでなぜ嫌がらせを？」

「結局どれもうまくいかなくて煮詰まっていたときに、金づるになりそうな相手を見つけちゃったからよ」

金づると言いながら、イーゴが見つめたのはロイドだった。

「元々はキンバリー侯爵や知人を頼ってたみたいだけど、総スカンをくらって困っていたみたい」

「そういえば、前にうちにも来てたわ……。あれももしかして金の無心だったのかしら」

「多分そうよ。そんなとき、金持ちになった実の兄貴が帰ってきたと気づいて……」

「俺を、利用しようと思ったんだろうな」

そこでロイドが呼吸を整え、困り果てた顔でため息をこぼす。

「もちろん断ったが、なかなか諦めなくてね」

実家と縁を切っていたロイドは、家族に帰国したことさえ知らせていなかった。だが隣同士の領地である以上、新しい鉱山のオーナーがロイドであることはいやでも漏れてしまう。

その結果、ランスは金をせびるために何度もロイドを訪ねてきたらしい。

「下手に突っぱねてもしつこくされるだけだと思って、ベルフォードで稼いだ金は鉱山事業への投資に全て使ったと嘘をついたんだ。だが怪しいと思ったのか、俺の過去や会社を勝手に調べられて、王女との婚約話もあったと知られてからは、余計に催促がひどくなって」

「じゃあランスだけじゃなくてご両親まで乗り込んできたのは、あなたにお金を借りるため？」

「だろうな。あいつらの中では俺はベルフォードの未来の王族で、自分たちもそのおこぼれに預かる権利があると思っている」

でもロイドは耳を貸さなかったのだろう。彼の両親がした仕打ちを思えば、それも当然だ。

「俺が首を縦に振らないことに業を煮やしたんだろうが、エマまで傷つけるなんて……」

「でもある意味運がよかったのかも。今回のことがあれば、ランスの罪を問えるでしょう？」

彼が罰せられれば、ドレイク家の信用も地に落ちる。下手すれば領地も没収され、今までのような暮らしは出来なくなる。そうなればもう、彼らがこれ以上ロイドを煩わせることはなくなるだろう。

「運が良いなんて思えるわけが無いだろう。君が傷つくなんて、一番あってはならないことだ」

そこでぎゅっと抱きしめられ、ロイドが耳元で苦しげに息を吐く。

「君に何かあったら、俺は……」

縋り付くように腕を回されると、自分を大事にするロイドの気持ちが伝わってくるようだった。

（そうだ、私はいつだって……彼に大切にされていた……）

嘘をつかれたのも、彼が自分のことを話さないのも、全ては自分を大事に思っているが故だったのかもしれない。

「ありがとう、ロイド」

エマの方からも腕を回すと、こわばっていたロイドの身体が少しほぐれていく。

そのまましばし抱き合った後、ロイドが覚悟を決めたようにゆっくりとエマから腕を離した。

「とりあえず屋敷に戻ろう。君も俺も一度医者に診てもらった方が良い。そして今度こそ、君に言えなかったことを全部説明するよ」

もう嘘はつかないと告げるまなざしに、エマは静かにうなずいたのだった。

◇◇◇

◇◇◇

宣言通り、ロイドが全てを話してくれたのはエマが襲われた翌日のことだった。

屋敷に戻ってすぐ彼は事情を説明してくれようとしたのだが、ロイドは疲労から、エマは怪我のせいで熱を出し昨日はお互い一日寝込んでしまったのだ。

とはいえその間もなんだか離れたくなくて、無理を言って二人は同じベッドで眠っていた。

そしてロイドの方はようやく熱が引き、エマの方も体調が回復した頃、彼は約束通りエマに事情を説明し始めた。

「本当にすまない、エマ。俺は君にたくさんの嘘をついていた」

ベッドの上で身を寄せ合って座りながら、ロイドはまず謝罪する。

「でも嘘をついたのは復讐のためじゃない。今も昔も、俺は君だけが大切なんだ」

そしてロイドは、隠していた過去と自分の気持ちをエマに打ち明けてくれた。

エマが又聞きした軍での活躍は全て本当で、その功績から侯爵の位と莫大な報酬を得たこと。

王女と婚約の話があったのは本当だが、イーゴの手を借り断ったこと。

婚約の件を含め、自分の過去を隠していたのはエマが気後れを感じるのではと恐れていたからであること。

秘密にしていた事柄を一つ一つ、ロイドはエマの目を見て、誠実な言葉で明かしてくれた。

「じゃあ本当に、復讐なんて全然考えてなかったのね」

「もちろんだ。今も昔も俺は君が何より大事で、君の理想に少しでも近づけるようにと、それだけを思って生きてきたんだ。でも……」

長い話を終えた後、ロイドは苦しげな顔で胸を押さえる。

「一番肝心の身体が、だめになってしまった。だから俺はずっと、最後の一歩が踏み出せなかった」

「じゃあ、病気はまだ……」

「完治していない。症状は落ち着いているが、ここに来て悪くなってる」

「……このままひどくなったら、どうなるの？」

「昔と違って身体は丈夫になったから、すぐに寝たきりになるようなことは無いと思う。でも症状は少しひどくなるだろう」

「なのに、私のために無理をしてくれたのね」

苦しいのはロイドのはずなのに、エマもまた胸が詰まる。

「自分で決めたことだ。後悔はしていないよ」

それに……と、ロイドはそこで寂しげに笑う。

「長い時間をかけて病気を治しても、君が側にいないなら生きる意味なんてない。ここに来て、俺は改めてそう思ったんだ」

エマの頬をそっと撫でながら、ロイドは小さく笑う。見ているのが辛いほど、寂しげな微笑みだった。

「でも、だからといって俺の人生に君を付き合わせるつもりはない。そうしたいと愚かにも思ってしまった瞬間はあったけど、このままじゃまた昔のように君に迷惑をかけてしまう」

「いくらでもかければいいじゃない。私だって、あなたといられるなら……」

「でもきっと俺が耐えられない」

吐き出されたつらそうな声に、エマは言葉を失う。それは、今までに無いくらい強い拒絶だった。

（ロイドは、きっと最初から私と本気で婚約する気はなかったのね……）

だからこそ肌に触れあいながらも、彼は一線を越えなかった。それはきっと、いつかエマの元を去ると決めていたからに違いない。

そして決意は変わっていないのだと、ロイドの横顔は物語っていた。

（……でも私は、そんなの受け入れられない）

それまでのエマなら、そこで折れて彼の言葉を受け入れてしまっただろう。

けれどエマはもう逃げたくないと思った。そして今度こそ自分の気持ちを素直に伝えようと、改めて決意する。

「わかった。……なら、私は待つだけよ」

「待つ？」

「時間をかければ病気は治るんでしょう。だったら私、そのときが来るのを――元気になったロイドが私を迎えに来てくれるのを待とうと思ったの」

ロイドの覚悟に負けないよう、凛々しい声と表情でエマは告げる。

彼女の答えを予想していなかったのか、ロイドが信じられないという顔で固まっていた。

「下手したら治療は数年がかりになるんだぞ」

「数年でも十年でも構わない。あなたが元気になってくれたら今度こそずっと一緒にいられるし、それならいくらでも待てる」

「君は、どうしてそこまで……」

戸惑うロイドに、エマは笑みを向ける。

そしてずっと言いたかった言葉を、彼女はついに口にした。

「そんなの、好きだからに決まっているじゃない。小さな頃からずっと、私にはあなただけだった」

自ら婚約を破棄したあともずっと好きで、ロイドが自分の元に帰ってくる望みはないと思っていた頃から彼一筋だったのだ。胸に秘めた彼への好意は、今もこれからも絶対に消えることはない。

「あなただけを思ってずっと生きてきたんだもの、これからまた数年離れたくらいで心は変わらないわ」

それはロイドも同じだと、エマはもう知っている。知っているからこそ、エマは彼を待つと断言できるのだ。

「君は、強いな……」

「あなたが強くしてくれたのよ」

「俺が?」

「再会してから、ロイドは私に自信を取り戻させてくれた。たくさん愛してくれた。だから逃げるのも諦めるのもやめようって思えたの」

彼の行動は全て、嘘を含めエマのためだった。

そのことがわかった今、ロイドを諦める理由など何一つない。

「本当に、君は……」

どこまでもまっすぐな思いは、ロイドにも伝わったのだろう。彼はようやく明るい笑顔を見せてくれた。その顔には憂いが消え、ただただエマへの愛おしさだけが浮かんでいる。

「君のそのまっすぐさに、俺はこの先何度恋をすればいいいんだろうな」

彼らしい甘い声音で囁きながら、ロイドはエマの唇をそっと奪う。

「臆病なことばかり言ってごめん。でも今度こそ、君の強さに見合う男になるよ」

「じゃあ……」

「俺も君を諦めない。だからこの先もずっと一緒にいるために病気を治すから、待っていてくれる？」

「ええ、もちろんよ！」

ロイドが決意してくれたことが嬉しくて、今度はエマの方からロイドの唇を奪う。

喜びにあふれたキスは触れるだけの優しい物だったが、もちろんそれで終わるわけが無い。

すぐさまロイドから深いキスを返され、エマは幸せな気持ちになる。

「そんな顔をされると、手加減が出来なくなる」

「手加減なんてしなくていいのに」

「だが、たたかれたところが痛んだりしない？」

「大丈夫よ……。だから、その……」

「ならもっと深く口づけよう。俺ももう、我慢はしたくない」

顔の角度を変え、ロイドがエマの唇を貪った。

甘く唇を吸い上げられた後、ロイドの舌がエマの歯列をこじ開ける。

深い口づけを交わすたび、これまでは戸惑うことしか出来なかった。けれど今は、それが嘘のようにエマも巧みにロイドと舌を絡ませることが出来る。

「ん……ッ、ロ……イド……」

キスの合間に名を呼びながら、エマは夢中になってロイドとのキスに溺れた。口の端から唾液がこぼれるほど激しいキスを重ね、生まれ始めた愉悦に心を解放する。

長いキスで身体は次第に芯を無くし、ロイドの腕の中でゆっくりと蕩けていく。

それを抱き支えながら、ロイドが唇を離した。

銀の糸を引きながら遠ざかる唇に寂しさを覚えたが、エマの瞳に映るロイドの顔を見ればここで終わらせるつもりが無いとすぐにわかる。

「身体が大丈夫なら、今度こそ君を抱きたい」

「私は大丈夫……」

でもロイドはどうだろうかとうかがえば、彼はエマを安心させるように微笑んだ。

「熱はもう無いし、平気だ」

「でも苦しくなったら言ってね」

「大丈夫だよ。火事の煙で一時的に悪化したが、今のところ普通にしていれば問題ない」

「でもあの、こういうことって息が上がるし……」

「今の、俺の息が上がるほど激しく愛してくれるって宣言？」

にやりと笑うロイドの表情は、もうすっかりいつもの調子を取り戻している。

「そ、そういうことは言ってないから」

「安心して、激しくしてくれても全然大丈夫だから」

「だからしないってば……」

「じゃあ、激しくするよりされたい？」

「そ、そういう意味じゃないわ……」

などと言ってみるが、ロイドの手によって乱されたいという欲求はすでにエマの中に芽生えている。

ロイドがそれに気づかないわけが無く、彼はエマの寝間着にそっと手をかけた。

肌を晒す一瞬は、いつまでたっても慣れないし恥ずかしい。

でも今日は恥じらいよりも喜びが勝っている。

ゆっくりと着衣を取り払われ、あらわになった首筋に、ロイドが唇を寄せる。

口づけだけで期待に肌が粟立つが、自分だけが裸なのが寂しくて、エマはそっとロイドの肩に手を置く。

「……ロイド、も……」

「なら、脱がせてくれる？」

甘い懇願に、エマはおずおずとうなずく。

彼が纏っているのはガウンと寝間着だけなので普段よりは脱がせやすいが、それでも慣れていないので手間取ってしまう。

そんなエマを愛おしそうに見つめながら、最後はロイド自ら着衣を取り払い、二人は一糸纏わぬ姿で肌を合わせた。

抱き合いながら寝台に横たわり、二人は手足を絡めながらお互いのぬくもりに溺れる。

（どうしよう、ぎゅっとされるだけで……すごく幸せ……）

キスもせず、ただ触れあっているだけなのに幸せと心地よさがあふれてエマは泣きそうになる。

「ロイドの身体、あったかい」

「君もだ。出来ることなら、ずっと抱きしめていたい」

「なら、朝までこうしている？」

「それも良いけど、君は激しい方が好きだろ？」

先ほどの会話を混ぜっ返し、ロイドは楽しげな顔でエマの唇を軽く啄む。

「それに俺も、ここでお預けをくらったら君に飢えて死んでしまう」

「ねえ、ロイドはその……ずっと我慢していたの？」

「まあね。ただ俺も男だし、こういう経験も無かったから触れることは我慢できなかったけど」

言いながら胸をそっと撫でられ、エマは思わず甘い声がこぼれかける。

「……ん、待って？」

だがそこで、ロイドの口から無視できない言葉が飛び出していたことに遅れて気づく。

「今、経験が無いって言った？」

「言ったけど、もしかして経験が無い男は嫌か？」

「い、嫌とかじゃ無くて、そんなにこなれているのに無いの⁉」

当たり前だという顔でうなずかれ、エマは驚いてしまう。

「ひゃ、百戦錬磨なのかと思ってた……」

「そんなわけ無いだろう。ずっと君一筋なのに」

「いやでも、あまりに慣れてるじゃない。こういうことはもちろん、エスコートとかも完璧だから、てっきり付き合った女性がいたのかと……」

「それは、君の王子様になるために陰でこっそり努力してたからだよ。ちなみに、先生はイーゴだ」

予想外の名前に、エマは更に唖然とする。

「ああ見えてあいつは育ちが良いし、時代が時代なら本物の王子だからな」

「イ、イーゴが？」

「変わり者だしあんな性格だから家を出たみたいだけど、振る舞いもマナーも王宮仕込みで板についていたから、昔色々と教えてもらったんだ」

「全然想像できない……」

「まあ、今はあんなだからな」

でも昔よりも今の方が生き生きしていると、ロイドは笑う。

「『紳士たる物何事にも動じず、常に女性を支えよ』って何百回と言い聞かせられたよ」

「それで、いつもそんな堂々としているのね……」

「まあ中身はいつも余裕が無いけど、そう見えるように努力はしている。エマには、かっこ悪いところは見せたくないから」

「むしろ少しくらいかっこ悪い方が良いわ。ロイドはその、色々完璧すぎて……」

「それを聞いて安心したよ。俺も初めてだし、情けない失敗をしそうな気がしていたんだ」

ロイドはそう言うが、笑顔で言い切るところがすでにかっこよすぎてエマは彼を直視できない。

「ん？　なんで視線をそらすのかな？」

「か、完璧が崩れてないからよ」

「そのうち崩れるから、ちゃんとこっちを見てほしいな」

崩れる気配はこれっぽっちも無いし、エマの顎に触れ自分の方へと向かせる動作さえ彼は絵になっている。

「本当に崩れるの？」

「崩れるさ、君が甘く囀《さえず》ってくれればね」

ほどかれたエマの髪をすくい上げ、ロイドは毛先に口づけながら甘く視線を彼女に向ける。

「君の乱れる姿を見たら、俺の余裕なんて簡単に崩れる」

すくい上げた髪を指先でもてあそびながら、ロイドはエマの頬に唇を寄せる。

落ちてきたのは触れるだけのキスだったが、頬だけでなくまぶたの上や額、そして鼻先へと唇が移動するたびエマの身体は期待に震えてしまう。

（余裕、やっぱり崩れる気配なんてないじゃない……）

このままではむしろエマの理性の方が先に崩れそうだと思った矢先、ロイドはエマの唇を優しく奪った。

「さあ、甘い声で俺の余裕を崩してくれ」

エマの耳元で甘く懇願しながら、ロイドが彼女の耳を食む。

「……あッ、……んッ」

「今の声、もっと聞かせて」

耳を舌先で舐りながら、ロイドの手のひらがエマの乳房をそっと覆う。

最初こそ優しい手つきだったが、エマの口から甘い声がこぼれ始めると愛撫は少し激しさを増していく。

ふくよかな胸に指を食い込ませながら、形を変えるように強く揉まれるとエマの身体はすぐさま感じてしまう。

特に頂を刺激されるのがたまらなくて、指先で軽くこすられただけでビクッと腰が跳ねてしまう。

「エマは、あっという間に感じてしまうね」

「ま、前は……こんなんじゃ……」

「確かに、最初の頃はここまで過敏じゃなかったか」

でも毎日のようにロイドに触れられ、開発された身体は僅かな刺激でさえ心地よさを感じるようになってしまった。

その上想いが実ったことで、エマの身体は今まで以上にロイドを求め、彼の愛撫に乱されてしまう。

「ロイドに触れられると……私……」

「すぐいってしまいそう?」

恥じらいながらもうなずくと、ロイドは幸せそうに微笑みながら胸への愛撫を強める。

同時に首筋に唇をあてがい、エマが弱い場所を舌先で舐り始めた。

「あ……待って……」

いつもより感じやすくなっている身体は、始まったばかりなのにもう腰の奥が震えだしている。その先に絶頂の兆しを感じ、エマは慌てて快楽から逃れようと思った。

シーツを握りしめ、身体に力を込めて愉悦をやり過ごそうとするが熱は消えない。

むしろ消させないとするように、ロイドの口づけと愛撫は激しさを増していた。

彼は右手で胸をいじめながら、もう片方の手でエマの柔らかな身体をじれったいほど優しく撫でる。

心地よさにうねる腹部に指を走らせた後、震える臀部を大きな手が覆った。

「あ……ッ、ん……」

こそばゆいほどの優しさが、今はひどくつらい。

それに彼がなで上げる指の側には、すでに濡れ始めた花襞がある。あえてそこには触れず、太ももや腹部ばかり攻める指先がじれったくて、エマは切なげなまなざしをロイドへと向けた。

「……もしかして、触ってほしい？」

視線に気づいたロイドが顔を上げ、ふっと笑みを浮かべる。

答えなどわかっているくせに、あえて尋ねてくるところがずるいとエマは思う。

でもそれを、エマは言葉に出来なかった。

「……ッ、んんッ！」

あれほど焦らしていた指が、エマの花襞を突然ぐっと押し開いたのだ。

「ここに、触ってほしかったんだろう？」

「そう、だけど……、ッ、いきなり……は……」

こぼれ始めていた蜜を指先に絡ませながら、ロイドは襞を強くこすりあげる。

挿入こそ無かったものの、毎日のように指でほぐされ愛撫を受け続けていた蜜口は刺激に敏感だ。その上、ロイドが軽く指を曲げただけでその先端を易々《やすやす》とくわえ込んでしまう。

「あ……、なか…は……」

「もう指先が入ってしまったね」

「あ、ん……ッ、かき回さないで……」

「こうされるのは、嫌？」

「いや……じゃない……、けどッ」

心地よすぎて身体がどうにかなってしまいそうだった。

指を抜き差しされている間も胸への愛撫は続いており、ロイドは二つの刺激を巧みに織り交ぜエマを上り詰めさせる。

「きちゃ……うッ、ンッ、ああ……」

「いって良いよエマ。俺も君が果てる姿を見たい」

熱情を帯びた視線で正面から見据えられ、エマは恥ずかしさと同じくらい心の奥では喜びを感じていた。

愛おしい人が自分の乱れる姿に興奮している。それだけで、淫らな熱を高めるのには十分だった。

「あ、……もう、くる……ッ――――！」

ロイドの瞳に射貫《いぬ》かれたまま、エマは激しい愛撫に耐えきれずに果てる。

四肢を痙攣させ、隘路をこすりあげていた指を締め付けながら、彼女はビクビクと腰を揺らした。

全身から甘い女の色香を漂わせながら、エマは蕩けきった顔でロイドを見つめる。

幾度となくロイドに高められてきた身体は、一度目の絶頂ではもう満足できない。

（もっと……もっと……してほしい……）

絶頂によって理性が焼け切れたことで、エマはより淫らにロイドを求め、腰を揺らす。

刻一刻と艶やかさを増すその姿に、ロイドが僅かに喉を鳴らす。

「ごめん、少し無理をさせるよ」

いつもの余裕が崩れ、本能に支配された荒々しい表情と手つきでロイドはエマの腰を持ち上げる。

そしてエマは足を大きく開かれる。蜜でぐちょぐちょになった秘部を晒す格好になったが、達したばかりのせいで彼女は恥じらうこともなく、されるがままになっていた。

「もう、我慢できそうにない」

いつになく切羽詰まった声と共に、熱い塊がエマの蜜口をこする。

「……くっ、ん……」

絶頂を迎えたばかりだというのに、襞の間を逞しい物でこすりあげられると、エマの口からは嬌声が重なった。

ロイドを求めるように身体をくねらせ、腰を震わせる様はあまりに淫らだった。淫猥な動きに合わせてロイドの物も更に高ぶり、彼の先端がエマの入り口をこじ開ける。

「あ……ッ‼」

幾度となく指でほぐされてきた入り口は、ロイドの雄芯を容易く呑み込んだ。とはいえ隘路はまだ狭く、先端が中をこじ開けるたび激しい圧迫感にエマは身悶える。

「痛いか……？」

ロイドの言葉に、エマは首を横に振った。

「おおきい……けど……」

痛みは無く、むしろ初めてとは思えぬほどの心地よさをエマは感じていた。

逆にそれが怖くて、理性が少しだけ戻る。

（あ……）

けれどエマの奥へと腰を進めるロイドの顔を見た瞬間、彼女の中の恐怖は消えていた。

「エマ……」

名を呼ぶ声も表情も、切ない色香に満ちている。

エマがほしいと訴えるロイドの表情に彼女の胸が高鳴り、気がつけば身体を折り重ねる彼の首に、強く腕を回していた。

「く、あっ……ッ！」

ロイドの楔《くさび》が根元まで打ち込まれ、エマは衝撃と悦びに全身を震わせる。

「動くよ……、いい……？」

「大……丈夫……」

ロイドの言葉になんとかうなずいたが、抽挿が始まると言葉を返す余裕は無くなった。

「ア……、ああっ、ンッ……」

言葉にならない悲鳴を上げながら、隘路を抉る雄芯の逞しさにエマは翻弄される。

彼の物は大きく、抜き差しされるだけで感じる場所を余すこと無く刺激してくる。

「んっ、すごい……おお、きい……」

蜜を掻き出しながら、肉壁をこする動きにエマは身悶える。

「つらくは、ない……？」

荒く息を吐き出しながら、ロイドが尋ねる。それに首を横に振り、むしろもっと激しくしてほしいと言うように、エマは彼の背に爪を立てた。

淫らな願いを察したのか、ロイドが腰使いを更に速める。

奥を抉るたび、肌が打ち合う音が響きそれがまたエマを興奮させた。

(すごい……中に、ロイドが……)

奥までつながりながら、二人は身体を重ね口づけを交わす。

少しでも触れあう部分を増やしたくて、舌を絡めているうちに二人の呼吸は更に乱れた。

それにあわせて全身の熱が高まり、次の絶頂が目の前に迫ってくる。

「エ、マ……エマ……！」

愛欲に満ちた声で名前を呼ばれ、エマは悦びの中で身体を震わせる。

「ロイド……来て……」

そして彼女もまた、愛おしさを込めて男の名を呼んだ。

そこでもう一度キスをしてから、ロイドはより深く激しくエマの中に己を突き立てる。

「あああぁッ――――！」

そして、先に果てたのはエマだった。

激しい絶頂に身も心も焼かれるのと同時に、ロイドの苦しげな声が響き、エマの内側で熱が放たれる。

汗ばんだロイドの身体を抱きしめながら、エマはいつになく長い間絶頂と、その余韻に震えていた。

ドクドクと注がれ続ける熱のせいで愉悦が引かず、立て続けに二度の絶頂を迎えたようなそんな気分にさえなる。

その間もエマの隘路はロイドを片時も離さず、放たれた精をこぼすまいと弛緩《しかん》を繰り返していた。

「エマ……そんなに締め付けたら、終わらせてあげられない……」

身体をつなげたまま、ロイドが苦しげに声をこぼす。

エマの中にある彼の一部は、今なお逞しさを失わず己の存在を主張している。

それを感じたエマは、自然とロイドを抱き寄せその首筋に唇を押し当てていた。

「終わらなくて……いい……」

「もう一度どころじゃすまないかもしれない」

「それでも、いいの……」

エマもまだ、満足できたとはいいがたい。

「それにロイドのこと……ちゃんと感じて……覚えたい……」

ようやく身も心もつながれたけれど、遠からず彼とは治療のために離れることになるだろう。

ならばその前に、エマはロイドの全てを覚えておきたいと思ったのだ。

「なら、エマのことも俺に全部教えてくれ」

お互いの身体に腕を回し、二人は甘い口づけを交わす。

二人の間にはもう、嘘も憂いもない。

ただ幸せだけがあふれるのを感じながら、二人はそっと微笑み合い、お互いのぬくもりに再び溺れ始めたのだった。

◇◇◇　◇◇◇

レッドバレーには、毎年厳しい冬がやってくる。

海から吹き込む風は激しさを増し、乾燥した大地には深い雪が降り積もる。

そんな冬が訪れる前に、ロイドは病気の治療のためベルフォードへと戻ることになった。

レッドバレーにほど近い港町から、ベルフォード行きの定期船が出るのは早朝だ。

それに間に合うように車でやってきたのは、エマとロイドだけだった。

リズやイーゴたちも来たがったが、下手に暑苦しい見送りは嫌だとロイドが言ったので送迎役の運転手を除けば見送りはエマ一人だけになった。

「俺が抜けてしばらく忙しいと思うけど、エマも無理だけはするなよ？」

「大丈夫よ。あなたが抜けても大丈夫なように人も増やしたし、事業だって順調だし」

「じゃあ俺がいなくても、全然平気？」

「かもね」

本当は平気だなんて思っていないけれど、言葉にすると寂しくなってしまいそうだったのでエマはあえて明るく言い放つ。

「でも俺は君がいないとだめだから、なるべく早く帰れるよう頑張るよ」

「ロイドこそ、無理のしすぎはだめよ」

「わかってる。ほどほどに頑張って、今度こそ完璧な王子様になって帰ってくるから」

病気を治すだけじゃなく、男も磨いてくると言い放つロイドにエマは思わず笑う。

彼のことだから、本当に男に磨きをかけて帰ってきそうだ。

「完璧じゃ無くても、あなたは私にとってもうすでに王子様よ」

「そして君は、俺だけのお姫様だ」

甘い声で囁いてから、ロイドはエマの唇を優しく奪う。

しばらくはこのキスもお預けだけれど、思ったほどの寂しさは感じなかった。

（これで終わりじゃないって、確信できたからかな……）

今日まで、エマたちは何度も愛を囁きあい、口づけを交わし、身体を重ねてきた。

逆にそれが寂しさを募らせる結果になるかもしれないと思ったけれど、共に過ごした時間は思っていた以上に強い絆《きずな》を二人に芽生えさせたのかもしれない。

寂しく無いわけではないが、それよりも次に会うときのことに自然と気持ちは向いていく。

そしてそれは、ロイドも同じようだった。

「そうだ。帰ってきたら君に指輪を渡すつもりだから、薬指のサイズだけは変わらないように気をつけて」

「え、指輪……？」

「虫除《むしよ》けをかねて今のうちに渡しておこうかとも思ったんだけど、せっかくなら完璧な王子になってから改めてプロポーズをしたくてね」

「う、嬉しいけど……なんか、ちょっと照れるかも……」

「そうやって、毎日照れながら待っていて。すごい指輪を君に贈るから」

「ほ、ほどほどで良いのよ。ほどほどで……」

気持ちは嬉しいが、驚くほど派手で高い指輪を渡されてもエマは絶対に気後れしてしまう。だからほどほどが良いと何度も主張していると、ロイドが楽しげに笑った。

「冗談だよ。君が一番好きそうな指輪にするから」

「ぜ、絶対よ？」

「約束だ」

そう言って小指を絡めていると、気がつけばもう出航の時間が目の前に迫っていた。

「それじゃあ、毎日君に手紙を書くから」

「手紙も普通で良いからね。ロイド、とんでもなく甘い恋文とか書きそうで怖い」

「恋文は嫌？」

「一行目から心臓が破裂しそうになる甘い奴は、さすがにやめてほしい」

「わかった。三行目までは我慢するよ」

全然わかっていなさそうだが、手紙なら恥じらう顔を見られずにすむからまあ良いかと、ひとまず納得する。

「だからエマも、できるだけ甘い手紙をくれると嬉しい」

そして最後にもう一度キスを贈り、ロイドは船へと乗り込んでいった。

最後まで甘い台詞と表情を絶やさなかった彼に笑いながら、エマはその背中に手を振る。

程なくして船は岸を離れ、遠い海の向こうへと進み出す。

船体が水平線の彼方《かなた》に消えるまで、エマは港で一人たたずんでいた。

これからまたしばらく、ロイドのいない生活が始まる。

でもかつてのように、寂しさに胸を痛めたりはしない。どんなに距離があっても、育まれる愛はある。つながり続ける絆はあると、エマは誰よりも知っている。
だから今は前だけを向いて、再会の日を楽しみに待とうと彼女は一人微笑んだ。

終章

ロイドがベルフォード国に戻ってから約一年と半年後――。

長い冬を終え、ようやく春が訪れつつあるレッドバレーの街を、エマは市庁舎の二階からぼんやり眺めていた。

街には人があふれ、今日も活気に満ちあふれている。一方で、エマがいる執務室はこの半年ほど静かだ。

半年前までは、ここにリズとイーゴ、そして時折ヴィレルやキンバリー夫人もやってきて、賑やかな日々だった。

だがダイヤモンドの採掘が軌道に乗ったのを期に、エマはリズにベルフォードの大学への進学を勧めた。

彼女がそれを望んでいたのは知っていたし、リズの進学に関してはロイドにも手紙でずっと相談していたのだ。

彼の療養している街はリズがいきたい大学にもほど近かったため、彼がベルフォードにいるうちに受験をすべきだという話になったのが半年前。

今なら彼が住まいや進学の手配をしてくれるからと、エマはリズを送り出すことにしたのである。

エマを一人にしたくないとリズはしばらくごねたが、イーゴと二人がかりで説得し半年前に彼女を無事送り出した。

エマは妹の門出を純粋に喜んだが、彼女が去ったことで抜け殻になってしまった者もいる。

「……エマ、書類……確認……して……」

もはや満足に言葉も喋れないほど、心ここにあらずなのはイーゴだ。

彼はロイドの仕事を引き継ぎ、代理として奮闘しているが、ふとした瞬間こうして元気がなくなる。

特にエマといるときは気が抜けるのか、屍《しかばね》のような顔でフラフラしていることも多い。

「イーゴ、今日もひどい顔ね」

「……むしろ、あんたはよく平気よね。大好きな相手と離ればなれなのに、辛くないの？」

「私だってロイドやリズがいなくなって寂しいとは思っているけど……」

永遠の別れではないし、二人からは手紙も来るからさほど寂しくはない。

もちろんその気持ちには波があるし、時々つらくなる日もあるけれど。

「仕事も忙しいから、寂しい気持ちにばかり捕らわれずにすんでいるのかも」

「アタシもめちゃくちゃ忙しいけど、寂しいときは寂しいし苦しいわ」

「まあ慣れじゃないかしら」

「慣れとか無理。だってほら、今もあの子の声がどこからか聞こえる気がするの」

「……それは、色々まずいわね」

「あ、あの子がアタシを呼んでる。遠くで呼んでる……」

などと言いながら部屋をフラフラ徘徊《はいかい》するイーゴは、さすがに目に余る。

（一度お休みでもとって、リズに会いに行かせた方が良いかしら）

そうでもしないと、幻聴が更にひどくなりそうだとエマは心配になる。

「……ん？」

だがそのとき、エマは妙な違和感を覚えた。

「あの子が……あの子の声がする……」

ブツブツつぶやくイーゴの声の合間に、エマもまたリズの声を聞いた気がしたのだ。

「待って、今何か……」

「ああ、リズに会いたい。会いたくて会いたくて、死んでしまいそう……」

「ちょ、ちょっと静かにしてイーゴ！」

慌ててイーゴの口を手で押さえたとき、突然執務室の扉が開く。

ノックもなく開いた扉に驚いた直後、予想外の顔が部屋に飛び込んでくる。

「お姉ちゃん、ただいま！」

　現れたのは、話題に出ていたリズ本人だったのだ。

「げ、幻覚まで見えだした……」

　イーゴは呆《ほう》けた顔で突っ立っているが、どう見てもこれは幻覚では無い。何せエマだって
バッチリ見えているのだ。

「え、どうして……？」

「試験が終わったから、一度帰ってきたのよ。無事入学が決まったって報告したかったし」

「すごいじゃない、おめでとう！」

「ありがとう！　あと、毎日イーゴから病んでる手紙が届いてそれも心配だったんだけど
……」

「まあ、見ての通りよ」

　まだ呆けているイーゴを指させば、リズがあきれ顔を浮かべる。

「イーゴ、私帰ってきたよ？」

「……幻が、幻が喋ってる」

「もしかして、ずっとこんな感じ？」

「まあ、割とね」

「ちなみに、お姉ちゃんは元気？　イーゴみたいに壊れてない？」

「私は大丈夫だけど、リズに会えないのは寂しかったわ」

そんな言葉と共に腕を広げれば、リズはエマにぎゅっと抱きついてくる。

妹の元気な顔を見てほっとしていると、開けたままになっていた扉が小さくノックされた。

音に合わせて扉の方を向こうとしたとき、リズが「あっ！」と声を上げた。

「そうだ！　お姉ちゃんにお土産持ってきたんだけど、受け取ってくれる？」

リズの明るい声を聞きながらエマは扉を振り返る。

爽やかな春の風と共に、一人の男がゆっくりとした足取りで部屋へと入ってくる。

深めにかぶったシルクハットのせいで顔ははっきりと見えなかったけれど、それでもエマは相手の正体にすぐに気がついた。

「ただいま、エマ」

自分も返事をしたかったのに、穏やかな声を聞いた瞬間エマは立ち尽くすことしか出来なくなる。

何せそこにいたのは、エマが誰よりも会いたい相手――ロイドだったのだ。

「呆けているけど、もしかして幻だって思ってる？」

「え、でも……どうして……」

「治ったら、すぐに帰ってくるって言っただろう？」

この一年半、何度も何度も夢に見た笑顔がエマを見つめている。

自然とこぼれ始めた涙を拭うことも出来ず、立ち尽くすエマを逞しい腕が抱きしめた。

「それで、指のサイズは変わってないかな?」

耳元で囁かれた声に、エマは涙でうなずく。

それを愛おしそうな顔で見つめているロイドは、彼女の前にゆっくりと膝をついた。

「なら、今度こそ君に永遠の約束を贈れる」

優しい笑顔と共に、彼がエマに差し出したのは小箱だった。

「今度こそ、俺を君の王子様にしてくれる?」

プロポーズの言葉に、エマは涙に濡れた瞳でロイドを見つめる。その目に映る彼は、まさしく王子のようだった。

相も変わらず、ロイドは隙なく完璧だった。そんな彼にかつては臆してしまったこともあるけれど、今のエマにはもうためらいはない。

「私の王子様は、小さな頃からずっとあなただけよ」

そう言って手を差し出せば、ロイドが嬉しそうな顔で美しい指輪をエマの手にはめる。

幸せだけどほんの少しだけ照れくさくて、エマは指輪のはまった手をそっと胸に抱き寄せる。

「でもこの指輪、少しダイヤが大きすぎない?」

「これでもだいぶ自重したんだよ」

そういう割にはかなり大粒な気もするが、デザイン自体は品が良くエマの手にぴったりだった。

「それにすぐ結婚指輪をはめることになるし、一週間くらいならこの派手な指輪でもいいだろう？」

ロイドの言葉にうなずきかけて、エマはきょとんとした顔で固まる。

「え、一週間……？」

「式は来週だ。完璧な場所を用意してあるから、期待してて」

「ま、待って⁉　来週って本気なの⁉」

「もちろん本気だよ。実を言うと、来るのが少し遅くなったのは式の準備をしていたからなんだ」

でもその分準備は完璧だと笑うロイドに、エマは喜んで良いのか呆れて良いのかわからない。

「前回もそうだったけど、いつもいつも手回しが早すぎるわ」

「準備不足で、君に逃げられたら困るからね」

「逃げたりしないわ」

「本当に？」

笑顔と共に距離を詰め、ロイドがエマを抱き寄せる。

その視線が甘く揺れていることに気づき、エマは思わず身を引きかけた。

「ほら、今も逃げそうだ」

「そ、それは……久しぶりなのにそんな目で見てくるから」

「久しぶりだからこそ、だろ」

「そ、そういう台詞……よく人前で言えるわね」

リズたちの前なのにと思ったが、あちらもあちらで話し込んでいるのでロイドとの恥ずかしい会話は聞こえていないかもしれない。

ただそれにしても、ロイドの距離はやっぱり近すぎる。

「ずっと手紙でのやりとりだったから、君と喋れるのが楽しくてついね」

言いながら、ロイドの顔がそこでぐっとエマに近づいてくる。

「それに君と、一刻も早く甘い時間を過ごしたくて」

言葉と共に、エマの唇に優しいぬくもりが重なった。

ロイドからの口づけは甘く、エマの身体は瞬く間に蕩けてしまう。

「君も、同じ気持ち？」

「……み、見ればわかるでしょう」

恥ずかしがり屋のエマにはその一言が精一杯だったけれど、以前と変わらず察しの良いロイドは笑顔で全てを理解してくれた。

◇◇◇　◇◇◇

大粒のダイヤが光る細い薬指が、ロイドの広い背中をゆっくりと滑る。

一年半ぶりに触れたロイドの肌は、以前同様温かく逞しかった。

「今日は、なんだかいつもより甘えただね」

裸になったまま抱き合いながら、ロイドが柔らかな声で尋ねる。

「だって、久しぶりだもの」

答えるエマの声は、少しかすれている。

何せ屋敷へと戻ってきてからずっと、ロイドの手で乱され続けてきたのだ。

ベッドに入ってから、もう何度絶頂を迎えたかわからない。そのせいでもう身体はくたくたなのに、それでもまだこのぬくもりを手放したくなくて、エマはロイドをぎゅっと抱きしめる。

「君は、また俺から理性を奪う気なのか？」

艶やかな色香を顔と声ににじませながら、ロイドがエマの腰に腕を差し入れる。瞬く間に押し倒される格好になり、逞しい身体がエマを捕らえる甘い牢獄《ろうごく》へと変わる。

「もう無理はさせたくなかったんだけどな」

「まだ、大丈夫よ」

「今日は本当に積極的だね。でも本当に、辛くはない？」

「うん。それに、もっと確かめたいから」

久々に触れるロイドの身体は、以前同様に逞しく病気の気配は全くない。それでも本当に完治したのかと少し不安だった。

「俺はもう大丈夫だよ」

「それは、わかっているんだけど……」

「ならもう一度、いかに健康か証明しようか」

笑顔と共に、甘い口づけがエマを襲う。

彼とこうして口づけるのは久々だったけれど、エマの身体はロイドの唇を覚えていたのだろう。この部屋で最初に激しいキスをしたときから、彼の舌が唇に触れるだけで自然と口を開け彼を受け入れられた。

とはいえ、激しいキスが続けばやはり息は上がってしまう。それに舌を絡めあう行為は甘美すぎて、エマの理性と余裕を緩やかに奪っていく。

「ほら、俺は息一つ乱してないだろう？」

一方ロイドは余裕を崩していない。その表情と乱れぬ呼吸に、エマは安堵の笑みを浮かべた。

「病気を完全に克服したのなら、あなたには欠点がなくなりそうね」

「欠点ならあるさ。君を前にすると、俺はこんなにも愚かになる」

「愚か？　あなたが？」

「優しく完璧な王子でいたいのに、今すぐにでも君を奪いたくなってしまうなんて愚者のようだろ」

「別に、いつも優しくて完璧な王子様じゃなくていいのよ？」

「そんなことを言うと、どうなるかわかってる？」

意味深な表情で片方の眉をつり上げ、問いかけてくる表情には色香が増していく。甘く絡んでくる彼の視線に、エマは恥じらいながらも小さくうなずいた。

「……ちゃんとわかっているわ」

「ならもう一度、君とつながっても構わない？」

「うん、私もあなたをもっと感じたい」

これは夢ではないのだと、今度こそ永遠にロイドの側にいられるのだと実感したくて、エマはうなずく。

背中を撫でていた手を引き寄せ、エマはロイドの頬を撫でる。そのまま何度か指先で肌をくすぐると、ロイドは幸せそうに微笑んでからエマの手に指を絡める。

「ッあ……」

そのとき、ロイドのもう片方の手がエマの花弁に優しく触れた。

「まだ濡れているね。これなら、すぐにつながれそうだ」

中の柔らかさを確かめるために、ロイドの指先がエマの入り口を押し開く。少し前に一度中を綺麗にしてもらったばかりだったが、ひくつく肉襞からは蜜がしみ出し、更に熱がほしいと訴えていた。

「……ロイド、はやく……」

すでに何度も達した後だというのに、エマの身体は瞬く間に熱を上げてしまう。ほぐすように隘路を指で刺激されると、それだけで絶頂の兆しすら感じていた。

「はやくッ……、おね、がい……」

エマの懇願に、ロイドは小さくうなずき楔の先端をエマの入り口にあてがう。彼の物も逞しさを取り戻しており、驚くほど挿入は容易かった。

「あっ……、ンッ……ん！」

彼の物が膣を押し広げる感覚と共に、痺れるような心地よさがエマの全身を震わせる。

「痛い？」

「違うのッ、むしろ……」

「なら、もっと激しくするよ」

最初は緩やかに腰を動かしていたロイドが、身体を倒しながら抽挿を速くしていく。向かい合った体勢でつながりながら、二人は視線を絡ませた。

「……愛しているよエマ、誰よりも君を愛してる」

「私も……ッ、ロイド……だけ……」

更に激しさを増した腰使いのせいで愛の言葉は途切れ途切れになってしまった。けれど、エマの気持ちをロイドはしっかりと受け取ってくれたようだ。

肉棒で隘路を埋めながら、ロイドはエマの唇を奪う。

激しくも甘いキスにエマは蕩け、身体の熱もどんどん高まっていく。

「ロイド……もう……」

「もう少しだけ耐えてくれ。君と、一緒にいきたい」

ロイドの物がより逞しくなるのを感じながら、エマは必死にうなずいた。

肌を激しく打ち合わせながら、ロイドの竿が膣の中の蜜をかき乱す。ぐちゅぐちゅとはしたない音を立ててこぼれ出す蜜がエマの太ももを濡らし、甘く淫らな香りを立ち上る。

「あ……ッ、んっ、きもち……い……」

ためらいなく嬌声を上げ、エマは目に涙を浮かべながらよがる。

以前なら自分の痴態に恥ずかしさを覚えただろうが、今はロイドの手によって上り詰めることがただただ嬉しかった。

「ああ、エマ……君は本当に……」

心地よさそうに相貌をゆがめるロイドを見て、エマの喜びは増す。より深くつながり、ロイドを更に満足させたいさえ思ってしまう。

その気持ちが隘路へと伝わり、エマの中がロイドを強く締め付ける。

「くっ、……ああ、俺も……もう……」

「あ、んっ……私も……」

「なら、共に……」

子宮の入り口が震えるほど強く腰をうがたれ、エマが身体を反らしながら激しくあえぐ。

焦がれる声に呼ばれると、エマの中で愉悦が増し身体は上り詰めていく。

「エマ……ッ！」

「あぁっ…、ロイド……ッ！」

エマもまた愛おしい男の名を呼び、そして彼女は激しい法悦の中へと落ちる。

全身を痙攣させながらより強く楔をくわえ込むと、彼女の中に激しい熱が放たれた。

子宮にロイドの愛液が注がれるのを感じながら、エマは最後の力を振り絞って彼に口づけをする。

荒い息と唇を重ねながら、二人はもう二度と離れまいとするようにきつく抱き合った。

お互いの熱に溺れながら、二人は長いこと腕を離せなかった。

熱が落ち着いてもなお離れたくないという気持ちを抱えながら、エマはそっとロイドをうかがう。

視線を向ければ、ロイドはそれに気づいて微笑みを返してくれた。

（うん、夢じゃない……。これからはずっと……ロイドと一緒にいられるんだ……）

腕の中のぬくもりは、もう二度と消えない。

それを確信したところで、エマは今更のように大事な言葉を彼にかけていなかったことに気がついた。

「どうかした？」

黙り込んでいたエマに向かって、ロイドが優しく尋ねる。そのまなざしにこそばゆさを感じながら、エマは彼の腕の中で小さく微笑んだ。

「おかえりなさい、ロイド」

キスと共に囁けば、ロイドが泣きそうに顔をゆがめる。

しかし彼は涙ではなく、エマが大好きな凛々しい笑みを浮かべた。

「ただいま、エマ」

そして二人は笑い合い、再びぎゅっと抱きしめ合う。

言葉は無かったが、それはもう二度と離れないという、甘く優しい決意でもあった。

【了】

あとがき

この度は『軍人侯爵は婚約破棄を許さない～妄執の溺愛契約～』を手に取っていただき、ありがとうございます！　八巻《はちまき》にのはと申します！

ありがたいことに、ヴァニラ文庫さんから出させて頂く本も三冊目になりました。

こちらのレーベルではロマンス小説の王道的なネタやかっこいいイケメンを書かせて頂くことが多いのですが、三冊目になってようやくこれらにも慣れてきた気がします！（普段は残念なイケメンばかり書いているので）

今回のイケメンも蓋を開けたら残念なところはありそうでしたが、そこを出すのはぐっとこらえ、とにかくかっこよくて包容力があって、完璧なスパダリを目指してみました。

その努力が少しでも報われ、スパダリ好きな方々に受け入れてもらえれば……と、切に願っております！

そして今回は、そんなスパダリを上原《うえはら》た壱《いち》先生に描いて頂くことが出来ました。

このたびは素敵なイラストを本当にありがとうございます。ヒーローのロイドはかっこよく、ヒロインのエマは可愛らしく描いて頂けたおかげで物語が大変華やかになりました！

そして最後になりますが、本を手に取ってくださった皆様に感謝を。
どうにかこうにか作家を続けていられるのも、皆様のおかげです。
不安なことも多い世の中ですが、少しでも楽しい時間を提供できたら幸いです。
それではまた、お目にかかれることを願っております！

八巻にのは

軍人侯爵は婚約破棄を許さない
～妄執の溺愛契約～

Vanilla文庫

2021年4月20日　第1刷発行　定価はカバーに表示してあります

著　者　八巻にのは　©NINOHA HACHIMAKI 2021
装　画　上原た壱
発行人　鈴木幸辰
発行所　株式会社ハーパーコリンズ・ジャパン
東京都千代田区大手町1-5-1
電話　03-6269-2883（営業）
0570-008091（読者サービス係）
印刷・製本　中央精版印刷株式会社

Printed in Japan ©K.K. HarperCollins Japan 2021 ISBN978-4-596-41682-7